atyniad

I Menna a Wynfford, ynysoedd mwyn fy myd

Diolch i Ymddiriedolaeth Ynys Enlli a'r Academi
am y cyfnod preswyl a'm galluogodd i ysgrifennu'r
gyfrol hon

atyniad

Fflur Dafydd

y Lolfa

Argraffiad cyntaf: 2006

Cynllun clawr: Sion Ilar
Llun y clawr: Marian Delyth

Rhif Llyfr Rhyngwladol: 0 86243 933 7

Cyhoeddwyd, argraffwyd a rhwymwyd yng Nghymru
ar ran Llys Eisteddfod Genedlaethol Cymru
gan Y Lolfa Cyf., Talybont, Ceredigion SY24 5AP
e-bost ylolfa@ylolfa.com
gwefan www.ylolfa.com
ffôn (01970) 832 304
ffacs 832 782

Llanw

'Does dim rhagor o anialdiroedd, does dim rhagor o ynysoedd. Eto, fe'n gorfodir i deimlo'r angen amdanynt.'

Albert Camus

'Life on this, as on every small island, is controlled by the moods of the sea; its tides, its gifts, its deprivations.'

Brenda Chamberlain

Y Cafn

FE FU'N HAF HIR, heb ddynion, ar Ynys Enlli. Na, nid heb ddynion yn gyfan gwbl, chwaith, ond heb rai y medrech chi eu gwasgu'n noeth yn erbyn wal gerrig dan y lloer, gan deimlo'r gwaed yn llawenhau. Wal gerrig *oedd* ambell un, yn anffodus. Dyma oedd y testun trafod wrth i Leri, Sinsir, Alys, Sioned a Cadi aros am y cwch y prynhawn hwnnw.

'Dechre mynd efo'i gilydd fydd y merched 'ma'n diwadd,' meddai Cadi, wrth ddatgymalu cimwch oedd wedi sychu'n grimp yn yr haul. 'Sgynnon nhw'm dewis. Dyna 'di'r opsiwn gora i bawb yn y pen draw. Ond gan fod 'na ddyn yn dod i'n plith ni...wel, *ma* gynnon ni ddewis rŵan, yn'does?'

Creodd y sylw ryw aflonyddwch ymysg y criw. Roedd Sioned yn berffaith sicr, hyd yn oed pe bai hi wedi cyrraedd pen ei thennyn carwriaethol, na fyddai unrhyw beth yn ei hannog i wyro ei hwyneb meddal hi tuag at wg surbwch Cadi. Tra edrychai Sinsir ar Leri, a Leri yn ôl ar Sinsir, gan wybod na feiddien nhw siarad am y noson ryfedd honno yr wythnos ddiwethaf. Y poteli gwin yn edliw gwyrdd ar lawr, a'r esgusodion yn bentwr o eiriau dryslyd wrth droed y gwely.

'Wel *dwi*'n edrych mlaen at weld sut gorff fydd gyno fo,' meddai Alys, oedd wedi hen laru ar gysgu'n noeth ar ei phen ei hun. ''Sna'm un dyn hefo corff da 'di bod 'ma ers hydoedd.'

Alys oedd yr ieuengaf o'r bump. Pedair ar bymtheg oed,

ac yn glamp o hyder cnawdol. Yn dathlu ei choesau hir, siapus, lliw taffi, trwy gyfrwng sgertiau byrion, crysau cwta, a siwtiau nofio oedd yn datod yn y cefn. Roedd hi bob amser yn mwytho ei chroen ei hun, naill ai'n rhwbio'i stumog, yn llyfnu'i breichiau, neu'n mesur ei bronnau yn ei dwylo. Roedd hi angen ei hatgoffa ei hun, meddai hi, ei bod hi'n dal i fod yn gyfan. Roedd hi'n anodd drysu am bethau felly fan hyn.

'Tasa gynno fo'r corff gora yn y byd 'sa fo'n dal yn gallu bod yn fwnci, a dim byd rhwng 'i glustia,' ategodd Sinsir yn sydyn-flin. 'Fedri di ddim cymryd yn ganiataol y bydd o'n ddyn gwerth ei gael, na fedri? O'dd o i fod yma bora 'ma, ond ddo'th o ddim! A ninna i gyd 'di codi ben bora er mwyn 'i groesawu o. 'Di hynna'm yn argoeli'n dda iawn i ddechra, nag'di? 'Sgin i gynnig i ddyn sy'n colli cwch…'

Aeth ei geiriau ar chwâl yn nhes hufennaidd yr awel. Roedd cysgod cwch i'w weld wrth droed y mynydd.

'Iawn i chdi, a chditha'n wraig briod,' ategodd Sioned yn chwareus. 'A be bynnag, mae 'na sôn mai efo ni, draw yn y goleudy, mae o am aros. Felly *ni* fydda'n cael y cynnig cynta – fi a Cadi.'

Gwyddai Sinsir fod Leri'n edrych arni'r foment honno, a'r gair 'priod' yn canu yn ei chlustiau. Camodd Sinsir ychydig i'r chwith, allan o afael ei llygaid llwydlas.

'*Un* dyn sy'n dŵad, cofia,' meddai Cadi, wrth i grafanc y cimwch ddisgyn o'i llaw, 'a dwi'm yn 'i rannu fo hefo ti.'

'Bydd rhaid i ni ddisgwyl iddo fo ddewis rhwng y pump ohonon ni 'ta,' atebodd Sioned, a'i brychni haul yn wincio.

'Pedair,' gwgodd Sinsir, 'dwi'm yn chwarae.'

Ychydig lathenni oddi wrth y criw, ac yn gwrando ar bob gair, roedd Dic, Warden yr ynys. Roedd yntau wrthi'n rholio sigarét gynta'r dydd, yn briwsioni'r tameidiau lleiaf o dybaco ar hyd y papur gan fwynhau gweld y cyfanwaith crefftus yn ffurfio'n ddistaw o dan ei ddwylo. Roedd prinder tybaco ar yr ynys erbyn hyn a'i unig obaith ef, wrth aros am y cwch y prynhawn hwnnw, oedd y byddai'r dieithryn yn ysmygwr rhemp. Gorau i gyd pe bai e'n hyll fel morlo, meddyliodd, gan y byddai hynny'n golygu na fyddai sigarennau prin yn cael eu gwastraffu mewn eiliadau cyfareddol, ôl-gyfathrachol.

Trwy gwmwl o fwg glas, gwyliodd ei wraig – neu honno y meddyliai amdani fel ei wraig – yn chwarae gyda'u plant, Bel a Telor, rhwng y cerrig. Bel, yn dangos yr un gwydnwch ag e wrth aros am y cwch, yn arddangos ei gallu hyd yn oed yn bum mlwydd oed i ddeall nad oedd un person, na'r un cwch, yn mynd i newid byd, ac felly man a man taflu cerrig, gadael i'r graean lithro trwy'r bysedd, a throi cefn ar y cwch oedd yn agosáu. Telor, yn ddwy flwydd oed, yr un ffunud â'i fam, a'r un mor hawdd ei glwyfo, yn sgrialu dros y cerrig, yn syrthio a chrio, yna'n neidio a chwerthin, ac yn ysu am gael ei godi ar ysgwyddau ei fam er mwyn iddo gael gweld y cwch dirgel cyn pawb arall.

Anni ei hun yn sefyll rhyngddynt, yn barod i chwarae, i foddio mympwyon y ddau, i afael yn eu dwylo bychain a mwytho eu gwalltiau, ond eto, heb fod yno. Nid go iawn. Roedd Dic wedi synhwyro, ers iddo godi'r bore hwnnw a gweld y caledwch yn ei llygaid, nad oedd pethau'n dda. Roedd hi wedi dechrau ildio. Ers wythnosau lawer, bu'n gwylio'r hunaniaeth gref, hyderus, y bu hi'n ei hadeiladu fesul gair ac ystum ers iddyn nhw gyrraedd yma, bellach yn cael ei erydu, ei naddu oddi yno. Roedd ôl blinder arni, ôl gofid, ôl geiriau croes. Nid hi oedd hi bellach, ond rhyw gysgod ohoni hi ei hun. Byddai'n codi Bel i'w breichiau heb edrych arni, yn anwybyddu Telor pan fyddai e'n crio liw nos, ac yn syllu'n ddyddiol trwy ei sbectol i ryw ofod du na fedrai ef ei weld.

A'r cyfan oherwydd un person ar yr ynys – a honno'n eu gwylio'n awr, mwy na thebyg, sylweddolodd yn sydyn, mewn arswyd.

Gwnaeth ymdrech i wrando ar sgwrs y merched, yn bennaf er mwyn gallu rhannu'r digrifwch â'i wraig. Chwilio'n orffwyll am unrhyw beth gydag arlliw o hiwmor oedd e, er mwyn gwneud iddi anghofio, am ennyd, am y bygythiadau, y tywyllwch, y düwch na fedrai mo'i ddehongli.

'Welist ti'r ffasiwn beth?' meddai, wrth gerdded tuag ati. 'Rheina i gyd yn aros am y dyn druan – fel adar sglyfaethus, myn dian i…'

Aeth ei eiriau ymaith gyda'r mwg, a bu'n rhaid iddo aros am ennyd i'r chwarddiad ei ryddhau ei hun o'i chrombil. Roedd hi'n eistedd yn ei chwrcwd yn gwylio'r plant yn y dŵr, a'i sbectol yn llithro oddi ar ei thrwyn.

'Ia wel… sut arall ma nhw fod i gael 'u hwyl – chwara teg! Un dyn go iawn sy 'ma iddyn nhw, a does fawr o siâp ar Tomos…'

'Un dyn go iawn? O, a be dw i – morlo?'

'W't *ti* ddim ar ga'l i neb ond i fi, nagw't?' meddai Anni, gan godi ar ei thraed, a thaflu ei breichiau gwynion yn gadwyn am ei wddf.

Wrth iddi wneud hynny, teimlai Dic rywbeth oddi mewn iddo'n cyffroi a blaguro. Gwelodd yr awyr las yn dwysáu ei lliw, a theimlo'r haul yn sydyn yn boeth, boeth ar ei gefn.

Dyma'r eiliadau bychain, pe bai yna ddigon ohonyn nhw, a allai eu hachub nhw, sylweddolodd. Dyna'r cyfan oedd ei angen, gwên fan hyn, chwarddiad fan draw, ac fe fedrai roi Anni fach, ei annwyl Anni, yn ôl wrth ei gilydd.

Ond newidiodd y darlun yn rhy sydyn.

'Mae hi'n ein gwylio ni, yn tydi?' meddai Anni'n sydyn, a chamu'n ôl oddi wrtho, fel pe bai gwynt oer wedi chwythu rhyngddyn nhw, ac yn ei chario ymaith.

Teimlai yntau'r gwres yn diflannu, ac o gil ei lygaid synhwyrodd lenni yn cynhyrfu mewn tŷ nid nepell o'r Cafn. Suddodd ei galon i'r môr drachefn. Roedd ei sigarét ar ben ac eisoes roedd e'n crefu am un arall.

'Yndi debyg, cariad. Ond anghofia amdani 'wan. Am heddiw, ia?'

Yn araf bach, tonnodd y cwch bach gwyn dros y môr cyhyrog tuag atynt.

Dechreuodd Leri bigo croen ei gwefus. Sbeciodd yn sydyn ar Sinsir o gornel ei llygaid. Roedd hi'n cerdded yn ôl ac ymlaen yn aflonydd ar y lanfa, ei gwallt du'n chwyrlïo yn yr awel, a grudd ei bochau'n diferu. Am beth oedd hi'n 'i feddwl, tybed? Am sylwadau diddim Cadi, fwy na thebyg, a'r rheiny wedi ei brifo, wedi ei dychryn. Roedd hi'n ceisio gosod pellter llythrennol rhyngddyn nhw – roedd Leri'n deall y neges i'r dim. Yr holl nosweithiau 'na o gynhesu graddol, fesul gwydryn, o'r agosáu fesul geiryn, ac roedd y cyfan wedi dymchwel mewn un sylw.

Yn ei dicter, ciciodd Leri grafanc y cimwch – y cimwch y bu Cadi wrthi'n ei astudio gyda'r fath gyfaredd – i'r môr.

'Oi!' gwaeddodd Cadi, 'o'n i isho hwnna!'

'Sori!' canodd Leri, er nad oedd hi ddim, mewn gwirionedd.

Wrth wylio'r grafanc binc yn cael ei llyncu gan y glesni, roedd 'na rywbeth ynghylch y ddelwedd a wnaeth i Sinsir feddwl am ei gŵr, Johannes, y ffotograffydd, oedd ar wyliau yn yr Almaen gyda'i fam. Y ddau ohonyn nhw'n eu hystyried eu hunain fel merthyron, yn barod i aberthu cael gwyliau haf gyda'i gilydd er mwyn gwella safon bywydau pobl eraill. Ni fu mam Johannes ar wyliau ers iddi golli ei gŵr, a Leri... wel, doedd gan Leri neb, nag oedd? mynnodd Sinsir, heb fedru edrych i fyw llygaid ei gŵr.

Roedd e wedi gadael pum neges ar ei ffôn dros y ddau ddiwrnod diwethaf. Eisiau gwybod pam nad oedd hi wedi dod adre. Gwnaeth hithau ryw esgus gwan – a hynny'n llwfr, trwy neges destun – ei bod hi a Leri am aros i helpu gyda'r cloddio archeolegol ar yr ynys am wythnos arall. Roedden nhw wedi cael blas ar fod yn rhan o'r tîm cynorthwyol, a doedd dim modd iddyn nhw adael nawr, nid tan fod y gwaith wedi ei gwblhau. Ddywedodd hi ddim mai awgrym Leri ydoedd, fore ddoe, a hithau wedi cytuno fymryn yn rhy sydyn, gan wybod iddi, wrth wneud hynny, gytuno i rywbeth arall hefyd.

Pam wyt ti heb fynd adre, Sinsir? gofynnodd iddi hi ei hun, wrth gerdded 'nôl ac ymlaen ar y lanfa.

Pan fyddai hi'n gwybod yr ateb i hynny ei hun, dyna pryd y byddai hi'n mentro dweud wrth ei gŵr.

Glaniodd y cwch wrth y lanfa. Yn ôl yr arfer, ffurfiodd yr ynyswyr gadwyn er mwyn cludo'r cargo o'r cwch i'r trelar. Safai Cadi yn y tu blaen, yn drwyn i gyd, ac arhosodd Alys yn y cefn, gyda'i dwylo'n anwesu ei stumog noeth, gan wybod nad oedd angen iddi hi ruthro – fe wnâi'r dieithryn ei gweld mewn da bryd, ac fe fyddai'n falch ei fod wedi aros amdani. Safodd Leri, Sioned a Sinsir yn simsan rhwng y ddwy a rhywrai eraill, gan daflu ambell edrychiad rhwng y bagiau a'r cotiau glaw er mwyn cael sbec arno. Ond gan fod cymaint o fagiau a phobl, roedd yn rhaid darllen y sefyllfa oddi wrth ymateb Cadi yn unig. Roedd honno'n syfrdan i ddechrau, ac yna'n crechwenu – cymaint ag y gallai rhywun fel Cadi wenu o gwbl – cyn i'w llygaid rolio'n ôl ymhell i gefn ei phen. Roedd Anni, oedd yn sefyll wrth ymyl Cadi, wedi dechrau chwerthin yn uchel ac yn afreolus.

Wedi i'r cargo gael ei lwytho, fe ddechreuodd yr ymwelwyr gamu oddi ar y cwch, heibio i res eiddgar o lygaid. Un cwpwl oedrannus mewn hetiau'r un ffunud â'i gilydd, wedi dod am wythnos rad o wyliau, chwe lleian wedi dod i aros yn Encil yr ynys er mwyn cysylltu â'r Ysbryd Glân, a thri gŵr dros eu chwe degau yn amlwg yn adaryddwyr brwd, gyda'u sbienddrychau'n curo yn erbyn eu calonnau. Ac yna, doedd 'na ond un dyn bach ar ôl.

Ond y broblem oedd nad dyn mohono. Ond dynes.

Wrth lwytho'r trelar, gwenodd Dic ac Anni ar ei gilydd. 'Be roddodd y ffasiwn syniad gwirion yn eich penna chi, ferched?' gofynnodd Anni.

'Wel Siôn, yndê, pwy arall?' dywedodd Alys, a oedd yn wirioneddol ddig ei bod wedi gwisgo ei thop cwta gorau yn ofer. 'Na'th o hyd yn oed *ddeud* wrtha i mai dyn o'dd o. Mi fydd o'n gwadu hynny'n llwyr pan ddeith o yma, wrth gwrs… deud mai fi sy 'di camddallt.'

'Wyt ti'n siŵr nad ti sydd *wedi*…' mentrodd Sioned.

'Ti'n gweld! Bydd o'n gwbod yn iawn mai fi gaiff y bai,'

ebychodd Alys. 'Blydi Siôn!'

'Typical,' meddai Cadi dan ei hanadl, 'i beidio deud mai dynas oedd hi. Isho'n gweld ni i gyd yn cynhyrfu'n ddwl dros y syniad.'

Ysgydwodd y lleill eu pennau'n anfoddog. Siôn oedd rheolwr yr ynys, yn byw ar y tir mawr ac yn sbecian ar ei lwyth bob hyn a hyn trwy sbienddrych aur. Roedd pawb yn ei ddiawlio yn ei absenoldeb, yn cwyno bod angen iddo ateb y broblem hon ac arall, ond unwaith y byddai'n ymddangos ar yr ynys, medrai swyno pob un ohonyn nhw mewn eiliadau, nes bod pawb yn baglu dros ei gilydd er mwyn cael ei sylw. Gallai doddi'r tensiwn mewn un edrychiad, ac roedd ganddo wên fel menyn poeth. Roedd Alys wedi meddwl droeon, oni châi hi gynnig gwell yr haf hwnnw, y gwnâi Siôn y tro i'r dim, er gwaetha'r ffaith ei fod yn ddigon hen i fod yn ewythr iddi.

Pan soniodd Siôn am y syniad o gyflogi awdur preswyl i'r ynys yng nghyfarfod y Bwrdd rai misoedd yn ôl, roedd mwy nag un wedi gwrthwynebu. Roedd angen arian ar gyfer pethau eraill, wedi'r cyfan – angen ymestyn y lanfa, angen gwella'r adnoddau i ymwelwyr, ac angen tractor newydd ar y fferm. Roedd angen mwy nag un cynorthwyydd ecolegol ar Cadi, hefyd, mynnodd hithau, wrth dynnu ei gwallt yn ôl i ddatgelu ei hwyneb blin, gan nad oedd disgwyl i Sioned wneud pob dim.

Ond roedd Siôn yn benderfynol o gael ei ffordd. A'r unig ffordd i fodloni'r ynyswyr oedd gwneud iddyn nhw gredu eu bod nhw'n cael rhywbeth arbennig. Gwyddai gymaint o angen dyn oedd ar hanner menywod yr ynys. Yr unig ffordd o wneud yn sicr na fyddai neb yn cwyno am hynny – tan ei bod hi'n rhy hwyr – oedd gwneud iddyn nhw feddwl y byddai'r haf arferol, anniddorol, bellach yn llawn mwyseiriau a myfyrdodau, cynnwrf cariad a chofleidio dirgel. Yr hen fwbach cyfrwys, meddyliai Leri, ond gan edmygu'r clyfrwch wrth ei ddiawlio.

Felly pan ddringodd yr awdur preswyl, yr *awdures,* ar y lanfa i gyfarfod â'i chymdogion newydd, bu'n rhaid iddi ddioddef mwy na'r chwilfrydedd arferol.

Roedd hi'n edrych yn rhy ifanc i fod yn awdur go iawn, tybiai Sinsir, a oedd yn bwriadu herio ei gwybodaeth dros gyrri cartref rywbryd.

Druan ohonot ti, meddai Leri dan ei gwynt, yn dod i ganol y gwallgofrwydd 'ma i gyd. Sgin ti ddim syniad.

O'r diwedd, meddyliodd Sioned, rhywun i gael sgwrs gall â hi dros frecwast.

Roedd hi'n gwenu lot, sylwodd Alys, ond doedd hynny ddim yn ei gwneud hi'n hardd. Doedd dim byd i boeni yn ei gylch. Hi, o hyd, oedd yr harddaf ohonyn nhw i gyd.

'Lle 'da ni'n mynd i'w rhoi hi?' gofynnodd Cadi. ''Sgynnon ni ddim stafell sbâr.' Roedd hi'n barod i ystyried ildio stafell yr adaryddwyr i ddyn, ond i hon? Dim ffiars!

Taniodd Dic yr injan, ac fe neidiodd Cadi, Sioned ac Alys (am nad oedd ganddi hi ddim byd gwell i'w wneud) ar y trelar er mwyn tywys yr awdur tuag at y goleudy, ei chartref newydd. Safai honno â'i chefn atyn nhw, yn edrych ar yr awyr mewn rhyw lesmair distaw, ac yna trodd ei golygon dros yr ynys gyfan, ei llygaid gwyrdd yn dawnsio. Neith o'm para sdi, meddyliodd Cadi, a oedd wedi bod yno am bum mis. Buan y doi di i sylweddoli mai morlo ydi morlo a bod y môr yr un lliw â'r môr ym mhob man arall. Nesaodd Sioned tuag ati, a mentro ychydig o gwestiynau ynfyd – pam gollist ti'r cwch cynta' ta? Paid â phoeni am y ddwy arall.

Trodd Alys ei phen a gadael i'w chyrls cwta donni dros yr awel. Gwell i Siôn anfon dyn ati cyn bo hir. Roedd ei chorff yn wan bellach. Roedd angen iddi deimlo pwysau dyn arno er mwyn ei adfywio. Wrth weld y gweddill yn gwasgaru'n smotiau bychain wrth y Cafn, hoeliodd ei sylw ar Sinsir a Leri, yn eistedd bellach ar fainc y tŷ cychod, wrthi'n trafod rhywbeth, ben wrth ben.

Fe allai'r ddwy yna wneud tro â dyn hefyd, meddyliodd Alys.

Colli'r Cwch

Colli'r cwch cyntaf. Blas aflonyddwch ar fy rôl bacwn yn y car. Harbwr Pwllheli'n wag ac yn wyn, fel fy ngobeithion, a'r dyfodol mor ddi-liw â'm hwyneb. *Fydd o'n iawn 'sdi,* medd y dyn wrth fy ochr i. Dwi'n gafael yn ei foch, a honno'n garegog o anghyfarwydd, fel wyneb planed. Mae e'n rhoi ei gar mewn gêr, ac wrth iddo wneud hynny mae ei rôl bacwn yn llithro oddi ar fy nghôl, i'r llawr. Mae'r melynwy'n llifo ymaith, yn afon gudd.

'Wedest ti ddim bod 'na wy i'w gael hefyd,' meddwn, a'r bacwn yn teimlo'n unig ar fy nhafod.

''Mond un oedd ar ôl,' meddai'n ddistaw, a'i eiriau'n felyn.

Ffonio'r llongwr ar ei ffôn lôn. Talp o dechnoleg ddu'n crynu ym mhoced dyn sydd heb fod ag wyneb i mi eto, a genau gwyn yr heli'n sgyrnygu, yn edliw'r sain anghyfarwydd, dieithr.

'Dos i Aberdaron,' meddai, a llanw'r bore yn ei lwnc. 'Bydd y cwch yn gadel fan'no am dri.'

Doeddwn i ddim eisiau mynd am dri. Roedd arna i eisiau mynd am hanner 'di wyth. Roeddwn i'n barod i fynd am hanner 'di wyth.

Mae'r hwnnw wrth fy ochr – yr hwnnw sy'n araf droi'n ddieithr i mi, fel rhyw blanhigyn sydd wedi tyfu'n rhy gyflym, yn rhoi ei droed i lawr, ac yn fy ngyrru'n ddiarwybod tuag at ein diwedd ni'n dau. A'r car bach coch yn sgrialu allan o'r dyfnder gwyn, yn ddelwedd chwithig, afreal, fel tomato'n diferu o law deintydd.

Cyrraedd Aberdaron a chael enw lleoliad newydd – Porthmeudwy – i chwarae ag ef rhwng fy nannedd. Porthmeudwy, porthi'r meudwy, a'r meudwy'n borthladd. 'Dos i fyny'r allt, cadwa i'r chwith, a gwylia am yr arwydd sy 'di torri'n ei hanner.' Porthmeudwy. Yn bownsio'n ôl ac ymlaen rhwng tafod a thaflod, heb yr un ystyr, ond yn llawn delweddau. Dychmygaf rimyn o draeth gwyn, crasboeth, sy'n hawlio'r distawrwydd puraf. Degau ohonon ni'n rhynnu yn ein trowsusau tri chwarter, a'n pigyrnau'n sbecian ar y lli. Fy nhraed yn llosgi, a'r dagrau'n ymwthio, heb yr un gair ynof i esbonio'r ddau brofiad.

Bron na allaf deimlo, wrth droi'r cornel yn rhy sydyn, siffrwd-oren ein siacedi achub, a theimlo tynerwch dyn, sydd ag wyneb fel heli'r hwyrnos, yn eu gosod amdanom.

Bwyta, unwaith eto, yn Aberdaron, fel petai torcalon ei hun yn ddim ond brechdanau caws a chwrw sinsir. Y toiledau'n dywyll ac yn lafantllyd, a'm llygaid yn rholio ar hyd y llawr, wedi'u drysu gan y düwch disymwth, wedi'r golau llachar. Tynnu'r tsiaen a gwrando'n hir ar y dŵr yn cythru trwy'r pibau; hiraethu am y cyfarwydd cyn ei golli, cyn i'r fowlen droi'n fwced, a'r papur lafant yn llwch.

Fy llygaid yn herio'r drych; yr arian oer yn dal ei dir.

Rhywbeth yn rhy lipa ynghylch y caws yn y frechdan, a hwnnw'n fy atgoffa ohonof fi fy hun, o'm hanallu i fedru glynu, go iawn, wrth rywbeth. Dyw e ddim yn edrych arna i bellach. Mae e'n traethu am ei gwch, am hwylio allan i ymweld â mi, yn wythnosol. Mae e bellach wedi camu i stori rhywun arall, yntau'n arwr mawr ar frig y don. Ces wybod yr wythnos ddwetha' na châi wneud unrhyw beth o'r fath, oherwydd ffyrnigrwydd y swnt, ond dwi wedi 'laru ar esbonio pethau iddo. Caiff wybod yn ddigon buan. Dwi'n ymlacio'n sydyn, yn ymgolli wrth feddwl amdano, ar ei fwyaf golygus, yn hwylio lawr y Fenai a'i wydrau haul yn llond eu gwydr o donnau. Bûm i yno, wrth ei ymyl, sawl tro, yn teimlo'n rhyfedd o fodlon, ond yn teimlo'r amwysedd yno'n rhywle, yn ymhlyg yng nghlwm bychan fy siwt nofio. Yr amwysedd sydd wedi teyrnasu ynof ers misoedd bellach. Teimlo'n bell wrth deimlo'n agos. Teimlo'n ddieithr wrth fod yn fi fy hun. Teimlo rhywbeth oddi mewn sy'n arallfydol, y tramor oddi tano. Ond yna'r diriaethol, yn sydyn, yn fy rhwydo'n ôl, bob tro, fel y gwnaiff y foment hon, wrth i mi deimlo pren cnotiog y meinciau'n cosi fy nghoesau gwelw – gan wneud i mi gofio mai fi yw fi, wedi'r cyfan.

Cario'r amwysedd hwnnw ynof, yn ddistaw bach, yn gnewyllyn oer tan groen poeth.

Rheiddiadur o ddyn ydoedd; minnau'n dryloyw fel dŵr. A'r haf yn gyfaddawd o liw haul rhyngom, minnau'n binc ac yn welw ac yn rhwyd o wythiennau glas, ac yntau'n goffi gwyn, melys, y geiriau'n llithro o'i afael yn llond eu cystrawen o eli haul. Rhedeg wedyn, tros gerrig a boncyffion, a'n calonnau'n slic. Ei gyhyrau'n bwydo'r awyr â'u hegni, a 'modiau i'n ddawns chwithig ar hyd y tywod. Rhythmau anwastad y dydd yn rhyddhau'r gwres, y prynhawn ifanc yn gerrynt o gariad.

Cael fy rhwydo i'w freichiau; yn un rhuban coch o reidrwydd.

Ac eto, mi wn, yr eiliad y byddaf yn camu ar y cwch, mi fyddaf wedi anghofio lliw ei lygaid.

Uwchmynydd. Yn uwch na'r un diwrnod, na'r un eiliad. Uchder sy'n fy nrysu gan ei fod mor serth. Ei syniad e oedd mynd am dro yno. A minnau'n berffaith hapus, fy mhen yn fy ngwydryn, yn cyfri'r oriau fesul marciau minlliw. Ond mae ei draed bach yn ysu am deimlo'r gwyrddni. A'i ddilyn fu'n rhaid. Yn uwch, ac yn uwch, nes bod y grug yn gymysg â'r chwys, a'r cusanau'n drwsgl ynghanol y baw defaid. Gwlanen anaddas o gorff amdanaf, a chariad fel pry yn fy ngheg, a dim i'w wneud ond ei boeri allan ar y gwair. Mae'r haul yn rhy gry i mi allu gweld a yw e'n gwenu neu beidio. Rhyfedd ydy bod mewn cariad â chysgod, yn enwedig ynghanol ha' a'r cwch yn mynd am dri.

Y copa sydd yn teithio'n nes ata i, nid fel arall. Mae arna i ofn y copa. Mae gweld rhywbeth mor glir yn fy nychryn. Enlli. Yr hen greadures fach werdd 'na'n diogi ar ei chynfas las, yn geg i gyd a'i dannedd cerrig yn boddi. Mae'r dyn heb wyneb yn troi'n ôl ac yn estyn ei law, yn dweud wrtha i am frysio, i ni gael dringo'n uwch eto. A dyna lle mae'r ynys, wedi hollti trwy'r glesni. Fy nghartref newydd yn fy nisgwyl – goleudy sy'n fferins-ffair o dafod, yn llyfu'r awyr. Tybed a fedran nhw ein gweld ni? mae e'n gofyn. Ni sy'n eu gwylio nhw, mae arnaf eisiau dweud, ond does dim pwynt dadlau ag ef. Nid ar y copa fel hyn, nid a'r ymwahanu mor agos. Wrth gwrs, petawn i'n gwybod y byddai yntau, ymhen rhyw fis, yn dringo i'r union fan hon yn y gobaith y câi gip sydyn ohona i, mae'n bosib y byddwn wedi ymateb yn wahanol. Mae'n bosib y byddwn wedi gwasgu fy wyneb yn ei grys glas, rhychiog, a gadael i holl heli'r misoedd diwethaf dywallt ohonof.

Rhwng grug a haul mae gorfodaeth weithiau i ddweud pethau disynnwyr. Do'n i ddim eisiau cael fy atgoffa fy mod i wedi colli'r cwch. Fy mod i heb wrando'n iawn ar y dyn bach clên ar y ffôn. Wyth o'r gloch wrth yr harbwr – neu wyth o'r gloch roedd y cwch yn gadael? Y ffeithiau'n suo yn fy mhen fel cwch caeth, a'r gwir ymhell oddi wrthyf, fel y cwch go iawn. Doeddwn i ddim eisiau cael fy arteithio gan y ffaith y dylswn fod yno erbyn hyn. Oedd yna bobl yn fy nisgwyl i, tybed? Gallwn bron â chlywed y tractor yn canu grwndi wrth y Cafn, heb aros am neb, bellach. Trigolion yr ynys yn colli amynedd â fi, heb fy ngweld hyd yn oed. 'Roedd hi i fod yma am naw,' dyna fyddai'r gŵyn, a'r plant yn aflonyddu ac eisiau mynd adref, y Warden yn troi'n ôl am y caeau, fy nghyfoedion – os byddai rhai – wedi hen benderfynu 'mod i'n anghwrtais, yn ffwrdd-â-hi, yn poeni dim. Pam na wrandewais i'n iawn ar y wybodaeth? A minnau fel arfer mor ofalus, mor dwt, mor annifyr o brydlon?

Rhaid bod yna rywbeth ynghylch y diwrnod hwnnw – ffawd fy siwrne oedd y byddai'n llawn camgymeriadau, o'r cychwyn cyntaf.

Ebychodd y dyn wrth fy ymyl. 'Yli agos 'di o,' meddai, gan wasgu fy llaw. 'Pell, nid agos,' meddyliaf, a'm llaw yn llacio yn ei gledr, a chan feddwl pa mor bell y byddaf oddi wrtho wedi i mi lanio yno. 'Neith o les i chdi,' dwi'n ei gofio'n dweud yn y gegin gefn, ryw bnawn glawog, wedi i mi ddweud wrtho y byddwn yn trio am y swydd. Dwi'n meddwl y dylia chdi fynd.' Cymaint o ffydd ynof. Dyna sy'n brifo, yn fy mrifo i am y gwn y byddaf yn ei frifo fe. Bydd y pellter rhyngom yn dinistrio'r foment hon, y tanbeidrwydd, y cariad yma sydd rhyngon ni. Welith e mo hynny. Mae ei galon yn gynnes, yn braf, yn ffyddiog. Mae ganddo ffydd mai dysgu i fod yn agos y bydda i wrth fynd ymhell. Ac efallai, am ennyd, gyda'r haul yn fy nallu a'i wyneb yn ddim ond onglau du, mae'r dyn-heb-wyneb yn gwneud i mi gredu hynny.

Troi fy mhen drachefn i syllu arni. Mor agos. Rwy'n gosod y goleudy rhwng bys a bawd ac yn gwasgu'r ddelwedd yn ddim. Enlli. Mae'r gair yn galed ac yn gynnes yn fy ngheg, yn llifo dros dafod fy ngheg fel y llanw ac yn gwthio'r trai trwy fy nannedd. Enlli. Enlli. Mor gyfarwydd ond eto mor ddieithr.

Cyrraedd Porthmeudwy, a minnau'n un meudwy arall yn y pydew o drwch-haf. Yr arwydd ffordd wedi ei dorri yn ei hanner, fel tocyn diwrnod, a'r hanner arall yn swatio'n gynnes yn fy mhoced wrth droi'r gornel. Dianc. Dianc dwi'n ei wneud, waeth pa deitl y rhoddaf iddo. *Am beth roeddet ti'n 'i chwilio?* Dyna fydd cwestiwn mawr yr ynys. A beth am yr ateb? Amdanaf fi fy hun – medd pawb. Doeddwn i ddim. Dianc rhag fi fy hun roeddwn i'n ei wneud. Y car bach coch yn gyrru i lawr y llwybr yn araf, araf. Cyrraedd y pen draw a'r glesni'n llenwi'r llun. Gweld y gweddill yn aros yn ddiddig. Gallaf anghofio fy mod i wedi colli'r cwch cynta. Yn yr un eiliad ferwedig hon, dwi jyst fel y lleill. Dyma fel roedd pethau i fod.

Beth yw'r haf i mi? Y cwestiwn yn troi a throi yn fy ymennydd wrth aros am y cwch, a hithau'n ddau o'r gloch. Rwy'n chwerthin yn nerfus am y llinell honno – haf i mi yw ofn ac asbri a'r cwch-yn-mynd-am-dri – yng nghwmni'r dyn-heb-wyneb, a 'mol i'n llawn gwymon. Yr awr yn dylifo'n ddegau o siacedi achub, a hynny'n rhy sydyn. Diogelwch yn dynn amdanaf, er bod arnaf awydd ei rwygo oddi amdanaf, a wynebu'r perygl yn onest ac yn feiddgar. Lle mae e? Rwy'n anniddig. Mae'r ffarwelio'n fy mhoeni. Nid y gadael, y cyrraedd, y newid, ond y ffarwelio. Rydym wedi ei wneud gannoedd o weithiau o'r blaen ond rhywsut, y tro hwn, mae'r teimlad yn wahanol. Mae e'n eistedd yn ei gar bach coch. Mae dynes oedrannus wedi gofyn iddo a gaiff hi lifft i ben draw'r llwybr. Mae e'n cytuno, wrth gwrs, fel y gwnaiff dyn sy'n tyfu fel planhigyn, a'i wreiddiau'n llaith a chynnes. 'Fydda i'm yn hir,' mae o'n amneidio tuag ata i. Paid â mynd nes 'mod i 'nôl.' Yn syth i mewn i'r car bach coch. Mae e'n edrych arna i a finne'n syllu'n ôl – mae'n anodd i mi gysylltu'r car bach coch sy'n diflannu i fyny'r llwybr â'r person yma oddi mewn, yr amwysedd rhyfedd sy'n byw ynof.

Mae'r llongwr yn flin. Mae e'n dweud wrtha i am gamu i'r cwch ac am eiliad rwy'n petruso. Mae arna i eisiau dweud wrtho na cha i ddim, nid nes y daw'r car bach coch yn ôl i lawr y llwybr. Ond mae pawb ar y cwch, bellach, a'r llongwr yn colli amynedd wrth i ninnau golli amser. Dyma'r dyn a ffoniais am hanner awr wedi wyth y bore 'ma. Mae arna i ofn. Ofn, yn y pen draw, sy'n achosi i mi wneud y rhan fwyaf o bethau. Mae arna i ofn colli cwch arall, ac mae arna i ofn hynny yn fwy nag ofn colli geiriau fy nghariad. Yn fwy nag ofn anghofio'r foment hon. Gwnes fy mhenderfyniad. Erbyn i'r car gyrraedd 'nôl at y porthladd caregog mae'r cwch eisoes yn symud, a minnau'n sefyll ynddo, yn chwifio'n ynfyd. Mae Porthmeudwy'n llithro o'r golwg. Mae'r byd â'i ben i waered. Rwy'n chwifio arno. Ond yn teimlo rhyw gywilydd rhyfedd wrth wneud. Rhyw lais oddi mewn yn dweud wrtha i am stopio chwifio, ei fod yn ystum rhy fawr, yn rhy wamal.

Mae e'n rhy fach bellach i mi ddweud a yw e'n chwifio'n ôl ai peidio, beth bynnag.

Twrio

OEDD GANDDO DDIM AMSER i godi ei ben wrth i'r tractor fynd heibio ddoe. Bu Indeg yn ei boenydio am y ffaith honno trwy'r bore – *pam na fedret ti dynnu dy ben bach styfnig o'r pridd am eiliad, 'mond i'w gweld hi? Wedyn, falle bydden ni'n gallu cynnal y sgwrs 'ma. Wir yr, Tomos, ti'n anobeithiol.* Roedd ei chwaer wrth ei bodd yn ei ddwrdio – dyna'n wir oedd deinameg eu dyddiau erioed.

A beth bynnag, nid dim ond troi ei ben y byddai'n rhaid iddo ei wneud. Roedd Indeg yn sefyll ar ben un o'r pyst, ar un droed fain, gan edrych trwy ei sbienddrych yr holl ffordd ar draws yr ynys, o gae Nant i Ben Diben yr ynys. Busnesu oedd peth felly, nid 'digwydd gweld', fel y pwysleisiodd.

Roedd rhywbeth llawer pwysicach ar ei feddwl y diwrnod hwnnw, beth bynnag, na chraffu trwy wydr chwyslyd i weld pwy oedd y truan-beth nesaf i lanio ar yr ynys, ac fe ddywedodd hynny wrth Indeg yn syth. Roedd angen cynllunio. Os oedd e am orffen cloddio Cae Uchaf erbyn diwedd yr haf, fe fyddai'n rhaid iddo gynnal diddordeb y rheiny oedd yn cloddio. Dyna pam, yn eu habsenoldeb, a chydag Indeg a'i chefn tuag ato, roedd e wrthi'n plannu amryw o esgyrn bychain yn y pridd, esgyrn roedd wedi'u darganfod wrth dwrio yn y mannau archeolegol diddorol ar yr ynys, sef Pen Diben. Y tro nesaf y bydden nhw'n dod yma i dwrio, fe fydden nhw'n sicr o'u tyrchu i'r golwg, ac fe fyddai hynny'n rhoi'r sbardun pellach iddyn nhw gwblhau'r gwaith. A chan obeithio y byddai rhyw ganfyddiad mawr archeolegol yn wobr iddynt ar ddiwedd y daith, a hwythau'n rhan o dîm arloesol.

Er ei fod yn teimlo mymryn o euogrwydd wrth daenu'r pridd drachefn dros yr esgyrn llwyd, roedd e'n sicr bod hynny'n llawer gwell na chyfaddef y gwir wrth ei dîm. Sef eu bod nhw'n cloddio er mwyn canfod dim byd. Roedd e'n gwbl ffyddiog bellach mai'r pethau mwyaf diddorol y byddai modd dod o hyd iddynt oedd haenau gwahanol o bridd, a fyddai'n ddigon i wneud i unrhyw ddaearegydd estyn am y botel siampên, tra byddai jin yn fwy addas i'r archeolegydd. Dyna, mewn ffordd, oedd holl bwynt yr ymarfer – dyna pam y dewisodd yntau Gae Uchaf fel man cloddio yn y lle cyntaf. Roedd yr ynyswyr eisiau cael caniatâd cynllunio i osod mynwent fechan ar yr ynys, ac roedd angen cloddio archeolegol cyn y caent wneud hynny. Pe baen nhw'n canfod unrhyw beth – yr arwyddion lleiaf o fynwent ganoloesol neu benglog cyn-frenin – byddai'r caniatâd cynllunio'n cael ei wrthod, ac fe fyddai'r holl broses yn gorfod dechrau drachefn. Ac un haf oedd ganddo i gwblhau'r gwaith.

'Esgyrn y seintiau!' ebychodd Indeg yn ei thwtw porffor rai munudau wedyn wedi iddi ddadwreiddio un o'r esgyrn, cyn plygu ei chorff ystwyth yn ôl nes bod ei phen yn cyffwrdd â chefn ei phigyrnau. Cerddodd ychydig lathenni fel hyn, cyn syrthio drosodd. Cododd ar ei thraed drachefn, a cheisio eto. Roedd Indeg yn hyfforddi i wneud campau ar y trapîs.

'Seintiau, wir,' tuchodd Tomos, nad oedd erioed wedi credu yn y ffasiwn beth. Bob haf, pan ddeuai yma, gwelai ddegau o bobl yn cerdded o gwmpas yr Ynys, eu llygaid ar gau, yn hawlio iddyn nhw gael eu meddiannu gan ryw sant neu'i gilydd. Yn traethu, dan eu hanadl, bod tair pererindod i'r fan hon gyfwerth ag un i Rufain, a rhyw ddwli felly. Roedd yna reidrwydd, i'r rhai a ddeuai yma, i geisio cyffwrdd rhywbeth oddi mewn, yr anweledig. Ond yr hyn a oedd ar y tu allan, y gragen galed, y peth gweledol – dyna'r pethau a oedd o ddiddordeb iddo ef. Dyna fyddai'n galluogi'r ynyswyr i ddeall y gwirionedd ynghylch hanes yr ynys, roedd unrhyw archeolegydd gwerth ei ffosil yn gwybod hynny.

'Esgyrn sydd yma, er mwyn y mawredd, nid seintiau!' Roedd arno eisiau datgan hynny'n uchel o frig y goleudy.

Roedd cannoedd o bobl wedi cael eu claddu yma. Roedd hynny'n ddiamheuol – ambell benglog bron yn gwneud iddo hedfan gerfydd ei din ar y llwybr bob dydd. A doedd pob person marw ddim yn sant, nid byd felly mohono.

Beth bynnag, ei ganfyddiadau personol ef ei hun oedd y rheiny – yr esgyrn a'r cerrig prin, a marciau gosod yr hen Abaty. Roedd e'n mynd ar grwydr bob prynhawn er mwyn cloddio ffosydd mewn mannau dirgel ar yr ynys, er mwyn teimlo'r hen awen archeolegol yn tewhau gyda'r pridd, er mwyn teimlo ei fod e'n gwneud yr hyn y dylid ei wneud. Roedd treulio pob dydd yng Nghae Uchaf yn cloddio am ddim byd, yn chwilio'n fwriadol am y gofod du hwnnw, yn gallu bod ychydig yn ddigalon.

Doedd ganddo ddim amser, felly, i godi ei ben, hyd yn oed am ennyd, pan glywodd floedd Indeg y prynhawn hwnnw, gan ei fod e'n ceisio trawsblannu ychydig o'i ganfyddiadau o'r pridd tywyll, dirgel o Ben Diben i'r pridd anniddorol, oren yng Nghae Uchaf. Er iddo gael cyfle euraid i wneud hynny, heb orfod poeni rhag ofn iddyn nhw ddod 'nôl a'i ddal wrthi, roedd e'n dal i fod yn ddig fod y gweddill – Sinsir, Leri ac Alys

– wedi taflu eu rhawiau'n ôl i'r pridd a rhedeg allan o Gae Uchaf wrth glywed Dic yn tanio injan ei dractor a chychwyn ei ffordd tua'r Cafn. Er gwaetha'r ffaith mai dyna'r cyfan a wnâi rhai ohonyn nhw oedd cwyno am ddiffyg dynion ac nad oedd dim yn digwydd yma, roedd hwyliau drwg ambell un yn golygu eu bod nhw'n gloddwyr heb eu hail, yn cloddio gydag arddeliad a chynddaredd, yn llwyddo i dyrchu pridd gyda bôn braich, siomedigaeth, niwrosis a rhwystredigaeth rywiol.

Roedd e'n falch iawn o'r tîm roedd wedi ei feithrin dros yr wythnosau diwethaf, ac wedi dechrau arfer â chlywed ei lais awdurdodol ei hun yn seinio dros y cae, a'r merched o'i gwmpas wrthi'n ddiwyd a diflino, yn enw ymchwil. Roedd Leri a Sinsir hyd yn oed wedi gohirio mynd yn ôl am eu bod nhw'n mwynhau'r cloddio cymaint, rhywbeth a wnâi iddo sgleinio gyda balchder. Nid hen archeolegydd sych ydoedd, bellach, meddyliodd, ond un modern, deinamig, yn llawn syniadau. Yn gallu annog menywod ifanc, hyd yn oed, i gymryd diddordeb mewn archeoleg.

Dyna pam roedd hi'n anodd maddau i'r rheiny a oedd wedi'i heglu hi oddi yno'r prynhawn hwnnw, dim ond am iddyn nhw arogli chwys dyn yn yr awel. Peth da iddyn nhw gael eu siomi. O leia byddai modd iddyn nhw roi eu meddwl ar waith o hyn ymlaen.

'Gobitho na fydd y gweddill yn hir yn dod nôl,' ochneidiodd Indeg, wrth geisio neidio o un postyn i'r llall, gan lanio ar ei chefn ynghanol y cae. 'Dwi ishe gwbod mwy amdani hi. Peth od, 'fyd. O'dd Alys mor bendant mai dyn oedd yn dod, nag oedd hi?'

'Oes ots?' dywedodd Tomos wrth ei chwaer. 'Ma'r

ar bob dim. Indeg yn datblygu hoffter anarferol o dân – yn y dyddiau cyn iddi ddysgu sut i jyglo'r elfen bwerus honno megis orennau – ac yn llosgi darn o'i gwallt ryw brynhawn yn yr ardd. Sgrech hunllefus ei fam yn atseinio ar draws yr ynys, gan ddychryn y defaid. Yntau'n cerdded o gwmpas yn ddigon hapus, yn craffu ar gerrig gwahanol, yn adeiladu tai allan o esgyrn ac yn rholio yn y pridd gydol y dydd. Mynd i guddio fin nos, cysgu mewn llefydd cyffrous, dirgel – Ogof Hir, Ogof Las, Ogof Morloi.

Ei fam yn graddol ymbellhau oddi wrthyn nhw i gyd. Ei llygaid wedi dechrau lleihau a lleihau, yn wynnach ac yn wynnach, hyd nes nad oedd lliw i'w weld yn unman. Un diwrnod, gwelodd wyneb yn dod allan o'r wal. Wedi iddi adrodd y stori wrthyn nhw i gyd y noson honno dros swper, pwysleisiodd fod yn rhaid iddi ddilyn y cyfarwyddiadau. Hyd nes y daethpwyd o hyd iddi, un noson, yn sefyll gyda'r plant wrth y Cafn, yn barod i'w boddi yn y môr am fod y 'seintiau' honedig, a ddeuai allan o'r wal, wedi dweud wrthi am wneud. Dyna pryd y sylweddolodd ei dad fod yn rhaid iddyn nhw adael. Cofiodd sut deimlad oedd eistedd yn y cwch wrth adael yr ynys, yn chwifio ar weddill yr ynyswyr yn eu dagrau, ond yn teimlo'r gwaed yn dechrau llifo'n ôl dan gnawd ei fam, wrth iddi ddal ei law.

Roedd 'na ddeng mlynedd ar hugain ers hynny bellach. A dim ond Indeg ac yntau ddeuai'n ôl bob haf, mewn ymgais wan i ailgydio yng nghyfaredd y dyddiau cynnar. Yr haf hwn, roedd ganddo bwrpas pendant o'r diwedd, er mor ynfyd yr ymddangosai'r bwriad hwnnw – y Bwrdd wedi gofyn iddo ddod yma i gloddio, er mwyn canfod dim byd. Fel gwobr am ei gloddio 'ffug' roedd ganddo le i fyw, a lle i Indeg

presennol mor… mor… arwynebol, on'd yw e? Os nag o's ots 'da ti, Indeg, ti'n gorwedd ar draws y llinell gloddio.'

'On'd wyt ti eisie gwybod mwy amdani hi?' meddai Indeg wrth i Tomos ei llusgo, gerfydd ei sgert borffor, i ben draw'r cae.

'Ma rhaw fan'na os wyt ti ishe helpu.'

'Dwi 'di gweud wrthot ti, Tomos, 'sdim syniad 'da fi shwt i…'

'Alli di ddysgu…'

'Fydde'n well gen i ddysgu rhywbeth mwy defnyddiol… fel y grefft o sgrifennu… falle galle'r awdur fod yn diwtor arna' i…'

'Be ma hi'n neud ma, beth bynnag?'

'Dwi'n meddwl ei bod hi yma i sgrifennu nofel. Ma 'da fi awydd bod mewn nofel. 'Swn i'n gneud prif gymeriad da.'

''Sdim ots 'da fi beth fydd hi, 'mond gobeitho bydd hi'n barod i helpu 'da'r cloddio. Mae angen help arnon ni os 'yn ni'n mynd i orffen y prosiect 'ma erbyn diwedd yr haf.'

Bu saib hir rhyngddyn nhw. A'r ddau feddwl yn araf ddilyn yr un trywydd. Diwedd yr haf. Diwedd ar yr ymweliad. Gorfod camu 'nôl ar y tir mawr unwaith yn rhagor ac anghofio breuddwydion eu plentyndod am byth. Gorfod dychwelyd i fod yn ddeugain ac yn dri deg wyth oed er eu bod, ar yr ynys hon, yn fythol ddeg ac wyth mlwydd oed.

'Mi ddyliet ti ffonio Mam, Tomi.'

Roedd e'n casáu'r ffordd roedd Indeg yn ei alw fe'n Tomi. Tomos oedd ei enw. Tomos. Rhywbeth caled, heb fod yn urddasol. Fe wnâi Tomi iddo swnio fel tegan.

Ildiodd, yn y pen draw, i swnian Indeg. Safodd ar y postyn ac edrych trwy'r sbienddrych, a sylweddoli bod y gweddill, hefyd, wedi neidio ar gefn y trelar er mwyn busnesu ymhellach. Gwgodd. Y merched 'ma, wir. Da i ddim i archeolegydd brwd – roedden nhw i gyd â gormod o ddiddordeb yn y presennol.

Syllodd 'nôl ar y cae. Gweld ei wyneb ei hun yn tywynnu'n ôl ar y rhawiau a gafodd eu taflu o'r neilltu, a sylweddoli y byddai'n rhaid iddo gymryd saib. Roedd cloddio o'r natur yma'n aneffeithiol heb dîm o gloddwyr, ac roedd hi'n anodd cadw momentwm ar ei ben ei hun. Felly cymerodd gyngor ei chwaer fach, a dechrau cerdded tuag at Fae y Rhigol, er mwyn cael signal ar y ffôn, a ffonio ei fam, fel bachgen da.

Bu yma ers rhai wythnosau bellach, ac roedd wedi ceisio osgoi'r alwad hon. Er gwaethaf y ffaith i'w fam ymbil arno ef ac Indeg i'w ffonio hi pan fydden nhw yno, roedd y ddau wedi ymatal rhag gwneud, tan y foment hon. Doedd Tomos ddim yn hollol siŵr ei bod hi'n beth iach i'w fam gael ei hatgoffa o'r ynys. Er ei bod hi, dros y blynyddoedd, wedi ei hargyhoeddi ei hun mai lle hudolus, rhamantaidd, ydoedd, roedd Indeg ac yntau'n cofio'n rhy dda am gyflwr meddyliol ei fam pan fu'r teulu'n byw yn 'Plas Bach', pan oedd Indeg ac yntau yn blant. Plant oedden nhw o hyd, mewn ffordd. Y naill na'r llall ddim wedi priodi a magu teulu, er i'w holl gyfoedion wneud hynny. Weithiau roedd e'n tybio bod gan eu plentyndod ar yr ynys rywbeth i'w wneud â'r elfen aneffeithiol ym mywydau'r ddau ohonynt.

Doedd y syniad o gael cariad ddim yn wrthun, ychwaith. Ond tueddu i ymwneud ag archeolegwyr y byddai

archeolegwyr fel rheol, a doedd 'na ddim byd aty ynghylch y menywod onglog, ffluwch-walltog a oe taranu tuag ato ar hyd coridorau'r Brifysgol, a'u bwria bridd-i-gyd yn eu cotiau garw. Yn wir, y tymor diwe roedd wedi treulio bron i bythefnos yn cuddio rhag un menywod hynny; roedd hi wedi ei wahodd i swper, gan es ei bod am iddo archwilio ei chasgliad o 'fflintiau anghyffredi Ildiodd yn y pen draw – ond diwedd digon disymwth gafwyd i'r 'dêt' beth bynnag, wrth i'r fflintiau droi'n ffafra a'r ffafrau'n gynigion digon anweddus. Ond wedi iddi grie dros ei grys-cloddio mwyaf drewllyd (dyma, fel arfer, oedd yr arf gorau mewn sefyllfa o'r fath) a syrthio i gysgu, gwnaeth yn siŵr iddo bocedu'r fflintiau gorau i gyd.

Doedd fawr gwell siâp ar fywyd carwriaethol Indeg, chwaith. Roedd hi wedi dyweddïo ddwy waith, unwaith gydag actor mewn opera sebon, a'r eildro â chonsuriwr. Roedd y cynta wedi mynd ar ei nerfau trwy ei galw wrth enw ei wraig sebon yn y gwely, a'r llall yn methu bwyta banana heb geisio gwneud iddi ddiflannu. Doedd y naill na'r llall ddim wedi bod yn ddigon cefnogol, yn ei thyb hi, i'w hawydd i ddatblygu gyrfa fel artist trapîs. 'Ma Indeg ni'n neud yn dda iawn fel dawnswraig tua Llunden ffor 'na,' clywodd ei fam yn dweud wrth y cymdogion.

Roedd pob dim mor iach flynyddoedd yn ôl. Ei dad wedi ei swyno gan yr ynys ar ôl bod ar ei wyliau yno yn ei lencyndod, ac wedi gwneud cais i fod yn warden am dair blynedd. Ei fam yn dilyn yn ddiddig, gyda'r plant, a'r misoedd hafaidd cyntaf wedi bod yn freuddwydiol a didrafferth. Ond yna fe ddaeth y gaeaf. Y cychod ddim yn galw, ac yn methu dod. Y bwyd ffres yn brinnach ac yn brinnach. Blas metel

aros, mewn llofft fechan – y llofft adar fel roedd pawb yn ei galw hi, am fod yna lun o aderyn ar y drws – yn iard y geifr. Roedd e'n rhannu'r iard gyda gwirfoddolwraig ifanc – Alys – a'i swyddogaeth hi oedd torri'r gwair ac edrych ar ôl y geifr hynny. Doedd hi ddim yn arbennig o effeithlon yn cyflawni'r naill beth na'r llall, hyd y gwelai. Pe bai si fod yna ddyn yn cyrraedd gyda'r cwch nesa, câi'r gerddi dyfu'n wyllt, a phe bai hi'n cael ei gwrthod gan y dyn hwnnw, yna câi'r geifr fynd heb swper.

Y flwyddyn hon, serch hynny, roedd e wedi dechrau mwynhau datblygu'n rhan go iawn o'r gymuned, heb orfod bodloni ar deitl fel un o'r 'gwneuthurwyr gwyliau' bondigrybwyll 'ma. Roedd ganddo berthynas glos â'r merched a ddeuai'n ddyddiol i gloddio yng Nghae Uchaf, ac fe fydden nhw'n swpera yng nghwmni ei gilydd yn nosweithiol, gan rannu pasta, gofidiau, a'r canfyddiadau archeolegol ffug. Weithiau fe fyddai'r ddwy ecolegwraig ar yr ynys, Cadi a Sioned, yn ymuno â nhw, a'u hoffrwm wythnosol o focs o win, y nectar coch yn llifo o'r tapiau plastig.

Roedd e bellach yn cael croeso ym mhob un o dai'r ynyswyr – roedd e wedi yfed te gwyrdd gyda Bela, hen warden yr ynys, yn Llofft Plas, wedi cael cosyn o gaws gafr cartref am ddim gan Dic ac Anni Tŷ Bach, y wardeniaid newydd, ac wedi cael bwyta llond ei fol o lobsgóws a bara ffres oddi ar fwrdd pren du Tŷ Pellaf, fferm yr ynys, yng nghwmni Daf a Mwynwen, y ffermwyr. Roedd ganddo statws a swyddogaeth o'r diwedd, fel archeolegydd yr ynys, un a oedd yn palu yn yr ymysgaroedd er mwyn tyrchu'r gwir i'w wyneb.

Er gwaetha'r ffaith bod yn rhaid iddo ddweud celwydd er mwyn gwneud hynny.

Cyrhaeddodd ben ei daith wrth Fae y Rhigol. Petrusodd cyn deialu. Roedd e wastad yn ofni, wrth siarad â'i fam, y gallai gronyn o'r hen wallgofrwydd gydio ynddi eto, a llithro'n ddiarwybod iddi trwy gyfrwng ei eiriau, i lawr y llinell ffôn. Doedd e ddim am iddi wybod gormod, rhag ofn.

'Haia Mam, Tomos sy 'ma...'

'Tomos! Selwyn, ma Tomos ar y ffôn... wel, shw ma pethe, bach? Shw ma Enlli hyfryd?'

'Iawn, odi. Popeth yn mynd yn grêt gyda'r cloddio. Dwi 'di ffeindio criw o wirfoddolwyr i helpu a dwi'n meddwl ein bod ni'n dechrau...'

'Pwy sy'n aros yn Plas Bach?'

Dyma fyddai'r cwestiwn cynta, bob blwyddyn.

'Dwi ddim yn siŵr. Cwpwl oedrannus o Nefyn, dwi'n meddwl.'

'O! A shwd ma'r fale'n dod 'mlaen?'

Y blydi afalau, meddyliodd Tomos. Gwnaed darganfyddiad rai blynyddoedd yn ôl fod yr afalau oedd yn tyfu wrth ymyl Plas Bach – a fu unwaith yn gartref iddo – yn afalau prin, nad oedd eu tebyg yn unman arall yn y byd. Pan welodd ei fam yr eitem hon ar y newyddion ryw ddeufis yn ôl, fe gynhyrfodd yn llwyr, a dechrau gweiddi ar ei dad i ddod i wrando. 'Dyna'r unig beth roedden ni'n eu byta am sbel, wyt ti'n cofio, Selwyn?' Ac oedd, roedd ei dad yn cofio. Roedden nhw i gyd yn cofio'r sawsiau amrywiol a wnâi ei fam allan o'r afalau sur, pigog a dyfai wrth fur y tŷ, saws tomatos tun ac afal, ffa tun ac afal, unrhyw beth ac afal, nes troi stumogau'r tri ohonyn nhw a cholli blas ar afalau am byth bythoedd. Roedd ei dad yn amau ar un adeg mai'r afalau fu'n rhannol gyfrifol am ei gwallgofrwydd.

'Na, 'sneb wedi rhoi enw arnyn nhw 'to.' Am nad yw fale mor ffiaidd yn haeddu enw, meddyliodd.

'O, galla i eu blasu nhw nawr! Shw ma Indeg?'

'Ma hi'n iawn,' meddai Tomos, gan weld Indeg yn gwibio heibio mewn fflach o borffor. 'Fawr o help gyda'r cloddio, ond dyw hynny'n ddim byd newydd.'

'Ie wel... gwna di'n siŵr nad yw hi'n aros ar yr ynys yn rhy hir... mae angen iddi chwilio am jobyn go iawn ha' 'ma... ac i gofio dy fod *ti*'n gweithio. Dwi ddim yn gwbod faint yn hirach gall merch o'i hoedran hi freuddwydio am ryw yrfa ar drapîs, wir...'

'Dwi'n dechrau colli signal, Mam...'

'Dwi'n dy glywed di'n glir fel cloch, cariad. Nawr gwed 'tha i... lle wt ti'n union...'

'Wrth ymyl Bae y Rhigol...'

'O! Dal arno, i fi ga'l gweud wrth dy dad – Selwyn, ma fe wrth Fae y Rhigol! O, 'na neis i ti, bach. Ac ar ddiwrnod neis fel heddi... ma'n siŵr bo ti'n gweld lawr dros Benrhyn Gogor, Bae'r Nant, a gweld Trwyn y Gorlech yn pipo mas...'

Gwrandawodd ar or-ynganiad ei fam wrth iddi enwi'r llefydd hynny, a chlywed yr ymdrech yn ei llais i ddychwelyd, trwy gyfrwng ei geiriau, i'r fan honno.

'Oes 'na rywbeth difyr wedi digwydd 'te?' holodd, a'i lais yn codi drachefn ar frig y don.

'Na, dim mewn gwirionedd...' ac ar hynny fe glywodd ruo'r tractor yn nesáu at Gae Uchaf, a gweld wyneb Alys yn ymddangos ar gefn y trelar, wrth iddi hwylio'n ôl atynt, fel duwies o'r cynfyd. 'Wel, ma 'na awdur preswyl wedi cyrraedd heddiw ond…'

'O, diddorol. Dyna be wyt ti ishe, ontefe, rhywun i gael ei ysbrydoli gan y lle, a sgrifennu amdano fe. Cynnig rhywbeth tamed bach yn wahanol. Beth ma'r awdur 'ma'n sgrifennu 'te?'

'Wy ddim yn siŵr iawn,' atebodd. 'Ond dwi'n meddwl y gallen nhw fod wedi gwario'r arian ychydig bach yn ddoethach. 'Sdim dal beth sgrifennith hi. A wel, ma ishe arian ar bethe erill 'ma on'd o's e… dyw llenyddiaeth ddim yn mynd i ddatblygu'r ynys yw e? Gwrandwch, Mam… dwi'n meddwl 'se well i fi fynd… ma Alys newydd ddod 'nôl a ma 'na dipyn o waith 'da ni i'w wneud cyn ei bod hi'n nosi…'

''Na ni te, cariad. Wel, pob bendith i'r ynys. Wy'n falch bo ti 'na, ti'n gwbod, bod ti a dy chwaer wedi cadw cysylltiad â'r lle. Ti'n deall… ti'n deall pam alla i ddim mynd 'nôl 'na, on'd wyt ti?'

'Ydw, Mam. Wrth gwrs.'

'Ie wel, 'na ni 'te. Fe fydda i'n meddwl amdanoch chi'ch dou. O dan y sêr. Cofia fi at Indeg a gwna ffafr â fi, 'nei di? 'Na di'n siŵr bod hi'n gadael erbyn diwedd yr wythnos. Trapîs neu beidio, dyw hi ddim yn mynd i ffeindio jobyn ar Ynys Enlli…'

'Iawn, Mam…'

'O, a Tomos?'

'Ie…'

'Paid ti â bod yn hen gythrel annifyr wrth yr awdur preswyl 'na… ma'n hen bryd i rywun sgrifennu rhywbeth "go iawn" am yr ynys… cyfrannu at ei phrofiad hi wyt ti ishe'i neud, nage'i dieithrio hi…'

Chwythodd geiriau ei fam ymaith gyda'r gwynt. Dechreuodd Tomos gerdded yn ôl at Gae Uchaf. Wrth droi'r cornel gwelodd fod Alys heb ailgydio yn y cloddio, fel roedd wedi gobeithio, ond bod Indeg bellach yn dangos iddi sut i sefyll ar ei phen. Doedd 'na ddim golwg o Sinsir na Leri yn unman. Roedd meddwl am gloddio rhagor heno'n anobeithiol.

Anwybyddodd y ddwy wirion yn y cae, ac aeth i ben y postyn unwaith yn rhagor, gyda'r sbienddrych rhwng ei ddwylo.

Ymhell, bell, ym mhen draw'r ynys, gwelodd ferch benfelen yn cerdded tuag at draeth Solfach, gyda bag ar ei chefn a llyfr nodiadau yn ei llaw.

Peth felly oedd awdur, 'te.

Paid â'i dieithrio hi, Tomos, adleisiodd y prynhawn.

Dechrau

'NID BREUDDWYD RHAMANTAIDD MOHONO, ond mae yma le i freuddwydio.' Sgriblo'r frawddeg yn fy llyfr nodiadau, a'i darllen drachefn. Mae'n siŵr y bydd yr wythnosau o 'mlaen i'n llawn brawddegau ffuantus felly. Eistedd ar draeth Solfach, a theimlo cynnwrf y tawelwch yn lledu dros y bae. Ai fi yw'r unig berson sy'n bod? Mae'n bosib teimlo felly ar bluen o draeth gwyn.

Prin oriau rhyngof i a Phorthmeudwy. Prin oriau rhyngof a'r dyn heb wyneb, yn chwifio ffarwel. Eisoes mae ei enw wedi dechrau swnio'n anghyfarwydd, wrth i mi ei rolio'n ôl ac ymlaen ar fy nhafod, ei ysgrifennu a'i ddileu yn y tywod. Pryfed mân yn sgrialu i bob man wrth i'r enw ffrwydro'n ddafnau aur.

Sioned a Cadi. Dyma'r enwau newydd y bûm yn eu hymarfer, y rhai sy'n bygwth dwyn ei enw ef oddi arnaf. Un â'i dannedd yn llawn direidi, y llall yn gwgu'n swrth arna i. Y ddwy'n betrusgar, yn gorfod gwylio camau, geiriau, bwriadau. Minnau'n llamu'n sydyn i mewn i'w byd a'r cylchoedd o'm cwmpas yn lledu, newid a datblygu, fel adlewyrchiad ar wyneb y dŵr.

Bwthyn. Cartref newydd. Llofft fach gyntefig, oer, yn fy nghroesawu. Y rhamantu seithug yn troi'n bedair wal ac yn llenni oren, yn llawr oer ac yn wely blin, yn gwpwrdd llychlyd ac yn lleisiau ar hyd y coridor. Bwthyn y goleudy, o'r diwedd, yn rhywbeth diriaethol, oer, ac nid gair mewn papur newydd, neu hysbyseb yn llawn posibiliadau.

Dadbacio, ac yna camu oddi yno. Dangos iddyn nhw fy mod i'n barod, o'r eiliad gyntaf, i fod ar fy mhen fy hun, nad oes raid i neb ofalu amdanaf. Sioned yn gweiddi ar fy ôl y byddai'n dda petawn i'n ôl ymhen ychydig oriau, er mwyn iddi baratoi swper i mi. Minnau'n cytuno. Cadi'n rhythu ar fy nghysgod trwy ffenest ei llofft.

I lawr â mi, ar hyd y llwybr gwyrdd at draeth Solfach. Yn ôl, wedyn, yn ddryslyd i gyd, a theimlo'r dychwelyd yn rhywbeth anarferol, dieithr. Gwichian y giât yn rhy uchel, y defaid yn syllu'n syn arnaf wrth i mi eu pasio, yn canu ar dop fy llais, am fod arna i ofn y distawrwydd.

Lleisiau dieithr yn gweiddi arna i i ddod at y bwrdd. Bod swper yn barod.

Ein cyfarfyddiad cyntaf yn llond plât o chwithdod.

'Am faint fyddi di yma, ta?'

Cadi, a'i hwyneb yn ewynnu'n llawn amheuon.

'Achos ti'n gwbod nad 'yn ni wir i fod rentu'r stafell 'na, on'd wyt ti? I'r adaryddwyr ma hi.'

'Weithia ma nhw'n 'i defnyddio hi, sdi, Cadi,' meddai Sioned, wrth droi'r saws. 'Mond... tasa 'na *atyniad* fyddan nhw'i hangan hi...'

'Atyniad?' Rhyfedd sut y gall gair mor gyfarwydd droi'n syfrdan o ddieithr.

'Ia, *atyniad,*' poerodd Cadi, heb edrych arna i.

'Weithiau, bydd rhai o'r adar sy'n mudo, wsti, yn colli'u ffordd ar noson gymylog ac yn ca'l 'u denu gan olau'r goleudy... rhai ohonyn nhw'n hedfan yn syth i mewn iddo fo, ca'l 'u lladd a ballu. Ond ma 'na rai 'mond yn cael eu clwyfo... a 'dan ni'n edrych ar eu hola nhw wedyn, tan 'u bod nhw'n ddigon da i hedfan i ffwr...'

'O, dwi'n gweld,' meddwn i, heb weld o gwbl.

'Ddylat ti ddim bod 'ma wir, os nag oes gin ti ddiddordeb mewn adar.'

'Cadi!' ebychodd Sioned. 'Gad lonydd iddi, 'nei di. ''Mond jyst 'di eistedd lawr ma hi. Ti'n licio cyrri?'

'Fe fyta i rwbeth... wir nawr.'

'... dwi 'mond yn dweud achos mi ddylie Siôn fod 'di clirio'r peth gyda'r adaryddwyr. Dwi'm isho nhw fama'n bytheirio. Fi geith hi! Os na fydd ganddyn nhw stafall, fydd hi ddim yn dda arnan ni, dyna i gyd... 'san ni i gyd yn ca'l mynd o 'ma, ma'n siŵr.'

''U busnas nhw o'dd sortio hynny cyn iddi ddod 'ma,' meddai Sioned, a'r cyrri'n troi'n bwll o ddicter. 'Do's 'na'm pwynt neud dim byd amdano fo 'ŵan. Os 'dy Siôn 'di deud mai fa'ma mae hi am fod... *fa'ma ma hi am fod.*'

'Jyst deud dwi.'

'Allen i siarad 'da Siôn, falle, trefnu rhwbeth arall... o'n i ddim 'di deall bod 'na broblem...'

Fy llais yn grynedig ac yn bell.

'Does 'na'm problem, siŵr! Lle ma'r *mango chutney* 'ma, dudwch? Agora hwn 'li. Cadi, ga i air, plîs?'

Sibrydion yn y coridor a'r lleuad fel llusern dosturiol, yn fy swyno'n nes. Codi'r top aur oddi ar y *mango chutney*, syllu arno'n hir, hir, a gweld fy wyneb yn syllu'n ôl arna i, yn llygaid croes i gyd, yn afiach o fawr.

Y ddwy ohonynt yn dod yn eu holau wedi dofi ychydig.

Cadi'n dadmer fymryn eto yng ngolau cannwyll, ochrau ei cheg yn ymdebygu llai i bysgodyn ac yn fwy i forlo dof. Ac yna'r enwau wedyn, rhwng cegeidiau o gyrri poeth. Leri, Sinsir, Alys. Y merched swil gyda'u llygaid mawr a welais wrth y Cafn wrth gyrraedd y prynhawn hwnnw. Yn tynnu'n ôl am nad oedden nhw'n siŵr ohona i, medd Sioned, am eu bod hi'n cymryd amser i rai menywod gynhesu at eraill ar yr ynys ryfedd hon.

Fe ddown i ddeall, ymhen dim, cymaint oedd fy ymyrraeth wrth gyrraedd y noson honno. Hwythau ill dwy wedi byw'n unig yn yr un bwthyn ers misoedd, yn anadlu'r un awyr, yn defnyddio'r un perlysiau, yn arogli naws ei gilydd drwyddi draw. Ac yn sydyn iawn, roedd y rhythmau'n anwastad, yn rhyfedd. Roeddwn i yno, ac roedd cydbwysedd misoedd wedi ei golli, yn toddi'n raddol mewn plât llawn cyrri.

'Pa fath o betha w't ti'n sgrifennu 'ta?' meddai Cadi. 'Be ma dy nofela di amdan?'

'Dwi ddim 'di sgrifennu nofel… eto… 'mond cerddi.'

'Cerddi? Dwi'm yn licio cerddi.'

'Wel ma gin i golofn hefyd…'

'Colofn? Dwyt ti ddim yn un o'r rheina sy'n sgrifennu am dy ŵr a dy blant a dy gi a dy blydi fabi gobeithio. Wy'n casáu rheina… ddoe bues i a'r plant yn… *bla bla bla*… a gesi di byth beth ddigwyddodd a beth ma hynny'n ddeud am ein cymdeithas ni heddiw ac am foesoldeb… nid y math yna o beth, gobeithio.'

'Wel…'

Dwi ddim yn siŵr bellach. Efalle mai petha arwynebol felly ydy pob colofn, yn y bôn.

'Cadi! Gad lonydd i'r hogan, 'nei di?'

'Just deud dwi.'

'Ia, wel paid.'

''Di hynna ddim yn ffordd neis iawn o siarad hefo dy fos, Sioned.'

Yr aer yn dew, dew. Minnau'n meddwl am y tir mawr yn bodoli'n ddistaw bach, ychydig filltiroedd i ffwrdd. Y dyn heb wyneb yn dod adre o'r gwaith, camu i dŷ gwag, tynnu'i esgidiau a thanio'i fwgyn.

Sylweddoli 'mod i'n siarad amdano, yn rhyfedd o agored. Sôn wrthyn nhw am ei adael yn porthi'r meudwy wrth i'r cwch ddianc. A chanfod fy hun yn mynegi fy mod yn hapus, mor anodd oedd ei adael, mor fuan y byddwn eto yn ei freichiau. Clodfori ei gariad at y môr, at y cwch bach a oedd ganddo yn y garej. Sôn am ei fwriad, na châi fyth ei wireddu, i hwylio dros y swnt at Enlli.

'Ma hynny'n lot rhy beryglus; cheith o'm gneud hynny,' meddai Cadi, a'r caledwch yn dychwelyd wrth i'w gwydryn wacáu.

Geiriau'n unig sy'n ei gadw'n fyw yn fy nghof, yn ei ddal yn dwt yn ei le. Ac mae'n anodd gwybod sut dwi'n teimlo, go iawn, am ddim byd bellach.

Wrth wylio cysgodion fy nwylo yn erbyn y llenni oren y noson honno, a chan wybod mai prin oriau oedd rhyngom ni, mae ochrau ei wyneb yn dechrau pylu.

Cerdded ar hyd y coridor y bore wedyn. Chwilio am y tŷ bach. Yn fy nryswch bu bron i mi dynnu'r tsiaen, ond cofio'n sydyn na cha i ddim, nid fel yna mae ei gwneud hi ar ynys.

Thâl hi ddim i neb wastraffu'r tsiaen ar ddŵr yn unig. Cofio rhywbeth, rhwng y pedwerydd glasiad o goch a'r wythfed, fy mod i fod i arllwys dŵr o'r bwced i lawr y tŷ bach. Gafael am y bwced coch, gweld ei fod yn wag. Ochneidio. Gwybod dim. Teimlo'n ynfyd ac yn fach ac yn ddinesig wrth gerdded allan i'r coridor. Gweld Sioned yno, yn ei phyjamas, a chwsg yn llithro ar hyd ei gruddiau. Hithau'n chwerthin, cyn fy arwain at y tanc dŵr a dangos i mi sut i wneud y pethau symlaf. Syml. Fedra i ddim dygymod â'r pethau bach. Yna, wrth fy arwain yn ôl, mae hi'n gwrido wrth esbonio mai dim ond ar gyfer gwastraff, go iawn, mae angen cael tynnu'r tsiaen. Gwenaf.

A byth wedi hynny, fe fyddwn yn clywed y tsiaen yn seinio gan feddwl am fudreddi'r diwrnod yn cael ei olchi ymaith i'r môr.

Bela

Yr OLYGFA ORA' AR YR YNYS, dyna fyddai Bela yn 'i ddweud wrth bawb yn ei llythyron. Ac roedd hynny'n wir, hefyd. Yn enwedig ar ddiwrnod glân, gloyw fel heddiw. Gallai hi weld yn syth i lawr at y Cafn trwy sgrîn ddibynadwy ei ffenest, gan weld yn union pwy oedd yn gadael, a phwy fyddai'n aros. Ddoe, pan gyrhaeddodd yr awdur preswyl, roedd hi hyd yn oed wedi gallu darllen ymatebion gwahanol yr ynyswyr wrth i'r creadur druan ddringo ar y Lanfa. Pawb yn disgwyl dyn – roedd hynny'n berffaith amlwg dim ond wrth weld sgert felen Alys yn chwifio yn y gwynt.

Roedd hi'n ysu, bnawn ddoe, wrth yfed ei the mint yng ngolau euraid y dydd, i fynd ac ymuno â'r criw. Pum munud a gymerai iddi gerdded at y Cafn. Pum munud o'i bywyd er mwyn mynd i siarad yn blaen â Dic ac Anni a chael gwared ar y tensiwn unwaith ac am byth.

Cyrhaeddodd mor bell â'r drws ffrynt, fwy nag unwaith, a'r ci du, Elfyn, yn dynn wrth ei sodlau.

Ond fedrai hi ddim yn ei byw agor y drws, a mynd oddi yno.

Bodlonodd ar wylio'r pantomeim cymunedol o ffenest ei chegin, gan wybod yn iawn, a chyda rhyw bleser gwyrdroëdig, bod Dic ac Anni'n synhwyro grym ei llygaid.

Roedd hi'n heneiddio, meddyliodd, dyna pam ei bod hi'n methu â maddau i bobl, bellach. Roedd ei hamynedd a'i hawddgarwch wedi britho gyda'i gwallt. Dic ac Anni oedd wrth y llyw bellach; cwpwl ifanc, deinamig, a oedd wedi llwyddo i ymgartrefu ac i wneud ffrindiau gymaint yn gynt nag a wnaeth hi, er mai hi a ddaeth yma gyntaf. *Er mai o'i herwydd hi y daethon nhw yma o gwbl*, meddyliodd, wrth i'w the oeri. Roedd Anni'n gallu hwylio i ganol pobl fel chwa o awel iach, gan eu swyno, gan ddweud y geiriau iawn, heb orfod meddwl hyd yn oed. Doedd hi ddim yn gwybod sut y datblygodd Anni'n ferch felly, a hithau'n rhan o'r un llwyth. Doedd neb arall yn y teulu'n berchen ar yr un gosgeiddrwydd. Rhyw griw chwithig iawn oedd eu teulu nhw fel arall. Eto, teimlodd yn annifyr wrth feddwl am y ffrae ddiddiwedd hon rhyngddi hi ac Anni.

Nid ei bod hi wedi dweud wrth neb ar y tir mawr, trwy gyfrwng ei llythyron, bod yna ffrae, chwaith. Dim ond dweud wrth bawb mai ganddi hi roedd golygfa orau'r ynys.

Roedd hi wedi gwneud pethau ofnadwy iddi'n ddiweddar, druan – rhoi cachu'r ci ar y biniau roedd Anni a Dic yn eu casglu'n wythnosol, cuddio'r peiriant torri gwair nes bod Cae Isaf wedi tyfu'n wyllt, peintio sloganau annifyr dros waliau'r tai pan welai unrhyw dun paent amddifad – pethau na ddylai gwraig yn ei hoed a'i hamser fod yn eu gwneud. Tybed oedd yna rywbeth cynhenid faleisus yn perthyn iddi, na ddaeth i'r amlwg tan y foment hon yn ei hanes? Os felly, yna roedd hi'n debygol bod ei mab wedi ei etifeddu.

''Y nghariad i,' meddai'n ddistaw, gan fyseddu llun ei mab ar y silff ben tân, a hwnnw yn ei glogyn du. Gradd dosbarth cyntaf mewn mathemateg.

'Fydd hynny'n fawr o iws iddo fo yn y carchar, na fydd?' clywodd edliw sbeitlyd Anni'n canu yn ei chlustiau.

Doedd gan ei mab ddim syniad, wrth gwrs, bod yr hyn a wnaethai ar un noson ddryslyd, feddw, wedi effeithio ar bob dim. Cafodd hithau wybod, gan yr heddlu a oedd wedi dod i'r ynys mewn hofrennydd – hofrennydd! Cofiodd gywilydd y peth wrth i bawb gynhyrfu o gwmpas y man glanio y diwrnod hwnnw, yn gyffro i gyd – bod ei mab yn y ddalfa yn dilyn 'digwyddiad troseddol difrifol'. Aeth hi ymaith gyda'r heddlu yn eu hofrennydd, a gweld Anni'n chwifio a chwifio arni, ymhell wedi i'r gweddill golli diddordeb. Wrth godi'n uwch eto, gwelodd y gweddill yn cerdded yn ôl at ben pella'r ynys, ond cerddai Anni'n araf, araf ar ei phen ei hun, yn myfyrio. Yn poeni amdani. Yn trio dyfalu beth oedd wedi digwydd, cyn troi'n araf at draeth Solfach er mwyn cael eiliad fer o lonyddwch.

Nid oedd Bela wedi ymweld â'r tir mawr ers blynyddoedd. Mi fyddai Aberdaron wedi bod yn sioc iddi, ond roedd glanio yng Nghaerdydd fel glanio ar blaned arall. Y lliwiau i gyd wedi'u golchi ymaith, a phob dim yn onglau du a gwyn, serth. Y synau anghyfarwydd, dieithr yn ei drysu; curiadau'r esgidiau lledr yn erbyn y palmant llwyd, sŵn drysau'n gwichian, cloeon yn troi. Sŵn ei mab yn llefain, rhywbeth nas clywodd ers blynyddoedd lawer.

Damwain oedd hi, medda fo. Dadl rhwng dau wedi troi'n ffrwgwd, a'r ffrwgwd wedi troi'n ddyrnau. A'r dyrnau wedi troi'n ddedfryd. Y llall, nad oedd ganddo enw hyd yn oed, wedi marw. Gwallt Bela'n britho yn y fan a'r lle.

Aeth yn ôl wedi'r achos llys, er iddo ymbil arni i aros, fel y câi ymweld ag e'n wythnosol. Roedd hi'n crefu am gael y lliwiau'n ôl yn ei bywyd, i gamu allan o'r siwt nefi-blw y bu'n ei gwisgo ar hyd yr wythnosau, i droi cefn ar siffrwd y clogynnau duon, i guriadau pren yn erbyn pren.

Roedd hi wedi disgwyl y byddai Anni'n deall. Clywodd ei llais yn bell wrth iddi adrodd y newyddion dros y ffôn, ond roedd angen amser ar rywun i ddygymod â newyddion fel hyn. Roedd hi wedi bod mor sicr y byddai'n deall. Y gallai pethau fel hyn ddigwydd weithiau, hyd yn oed i'r bobl fwyaf synhwyrol.

Ond chafodd hi mo'r sgwrs synhwyrol hon gydag Anni. Oherwydd pan ddaeth yn ôl, roedd pob dim wedi newid. Dic ac Anni wedi trefnu gyda Siôn mai nhw fyddai prif wardeniaid yr ynys o hynny ymlaen. Roedd croeso iddi roi cymorth o bryd i'w gilydd, ond nhw fydde'n rheoli pethau, er mwyn gwneud pethau'n haws iddi. Yn haws? Y sarhad! Roedd hi'n cofio cael ei brathu i'r byw pan ddaeth hi'n ôl a gweld bod yr arwydd 'Warden' wedi ei dynnu oddi ar Llofft Plas, ei chartref dros yr ugain mlynedd diwethaf, a'i ailosod ar ddrws Tŷ Bach, cartref Dic ac Anni.

'Meddwl amdanach chi ydan ni, Bela,' meddai, 'a chitha wedi mynd i oed. O'dd Siôn a minna'n meddwl, wel, ar ôl popeth sy 'di digwydd yn ddiweddar, y buasai hi'n haws fel hyn.'

Wedi mynd i oed; roedd hi'n dal i glywed hynny. A fynta Dic yn sefyll tu ôl iddi, yn gyrru'r tractor – *hi* oedd bia'r tractor! – yn gwneud pob dim roedd hi'n arfer ei wneud, am eu bod nhw'n credu na fedrai hi ymdopi. A doedd dim iws iddi brotestio; roedd y cyfan wedi ei drefnu yn ei habsenoldeb. A doedd ganddi neb yn gwmni – gyda'i mab yn y carchar, a hi,

Anni, a fu unwaith mor bwysig iddi, bellach yn ei gwawdio'n ddyddiol, yn gwneud pob dim roedd hi'n arfer ei wneud, a phawb yn meddwl ei bod hi wedi mynd yn rhy hen i wneud dim ond syllu allan trwy'r ffenest.

Doedd ryfedd iddi fynd yn rhyfedd wedi'r hyn a ddigwyddodd iddi. Dyna fyddai hi'n ei ddweud wrthi hi ei hun yn ddyddiol. Doedd hi erioed wedi bod yn ddynes dreisgar, ond wedi iddi ddioddef cymaint o drais distaw, gwenwynig, doedd hi ddim yn mynd i ildio. Gyda'i mab yn y carchar, rhoddodd hynny ryw hygrededd iddi, fel rhywun i'w hofni. Ac er bod ganddi gywilydd o rai o'r pethau roedd hi wedi eu gwneud – y cachu ci'n bennaf, ond hefyd tampro gyda'r tractor, y peiriant torri gwair, a pheintio'r gair BRADWYR mewn du ar draws ochr tŷ'r wardeniaid, Tŷ Bach – roedd hi'n dal i gredu mai gweithredoedd dynes nad oedd ganddi unrhyw ddewis oedd y rheiny. Doedd hi ddim yn arfer bod fel hyn. Cafodd ei gyrru i fod fel hyn, ac roedd pawb bellach yn ei herbyn.

Nid pawb efallai. Galwai Cadi a Sioned o bryd i'w gilydd i ddweud helô, fel y gwnâi Tomos ac Indeg, a Sinsir a Leri. Roeddent oll wedi eistedd yn ei chegin a chwerthin gyda hi, ac roedd hi'n gweld yr un argraffiadau'n corddi yn eu meddyliau hwy i gyd – dyw hi ddim yn fenyw wallgof er bod pawb yn credu ei bod hi. Mae hi'n ymddangos yn ddigon normal. Ond rai dyddiau wedyn fe fyddai hi wedi cael ei gyrru i wneud neu ddweud rhywbeth hurt – a'i hobsesiwn ar y funud oedd dringo i gopa'r mynydd er mwyn cael dadleuon tanbaid gyda Siôn. Gwyddai ei fod e'n dal y ffôn ymhell oddi wrth ei glust bob tro.

Anni oedd wedi gweithredu'n wirion, yn ei thyb hi. Wedi troi ei chefn ar ei theulu, wedi credu'r straeon am Iestyn heb aros i glywed y ffeithiau. Wedi siarsio'r plant i beidio â dweud dim am Wncwl Iestyn, ei fod e'n ŵr drwg, na fyddai e'n dod i ymweld â nhw byth eto. Ac oedd, roedd hynny'n ei brifo. Ei bod wedi troi ei chefn fel 'na, ac iddi droi ei phlant yn ei herbyn. Bel – wedi ei henwi ar ei hôl hi, dyna'n wir mor agos y bu hi ac Anni unwaith, ac Anni ddim yn ei galw hi'n 'Bela' bryd hynny, ond yn rhywbeth arall cwbl wahanol, rhywbeth a oedd bellach yn rhy boenus i'w ddwyn i gof – a Telor, talp o wallt melyn afreolus. Weithiau, pan fyddai Dic ac Anni'n arthio arnyn nhw, fe fyddai Bel yn cydio yn llaw ei brawd bach ac yn galw i'w gweld. Un prynhawn, aeth hithau ati i goginio dynion sinsir iddyn nhw. Yna, a chan wybod na chaent aros yn hir (mor ddoeth oedd Bel, er gwaetha'r ffaith mai pump oed oedd hi), fe fydden nhw'n heidio 'nôl i Tŷ Bach mewn pryd i swper, gydag ambell friwsionyn sinsir yn dal i lynu'n gyfrin wrth eu gweflau.

Pe bai Anni neu Dic wedi ei gweld yn bwydo'r plant, byddai'r awdurdodau ar yr hofrennydd nesaf, roedd hi'n sicr o hynny. Gwrach oedd hi bellach i'r ddau ohonyn nhw – eisiau gwenwyno pob dim.

Gwelodd gwch yn arafu wrth y Cafn. Ac er mawr syndod iddi, gwelodd *fod* 'na ddynion ynddo'r tro hwn, ac nid un, ond tri. Lle'r oedd y merched, 'te? meddyliai, gan wenu. Criw teledu oedd y rhain, ac roedd rhywbeth digon golygus yn y tri ohonyn nhw. Roedd hi'n adnabod un ohonyn nhw, sylweddolodd yn sydyn. Yn gwybod ei enw hyd yn oed – Justin Bowen. Rhaid ei bod hi wedi ei weld ar y teledu, er bod hynny'n rhyfedd i rywun nad oedd wedi gwylio'r teledu ers ugain mlynedd.

Sylweddolodd yn sydyn sut roedd hi'n ei adnabod. Roedd e'n ohebydd. Ac nid unrhyw ohebydd ychwaith, ond yr un a fu'n gohebu tu allan i'r llys yng Nghaerdydd adeg achos Iestyn.

Teimlai'r llanw dyddiol yn llenwi'i chalon.

Justin

JUSTIN BOWEN, B.A. CYMDEITHASEG, M.A. Newyddiaduraeth; dyna pwy ydoedd pan roddodd ei ddwy droed ar y lanfa ac estyn ei siaced gŵyr i un o'r ynyswyr, a dyna pwy fyddai fe pan fyddai'n ymadael oddi yno, roedd e'n berffaith saff o hynny. Doedd e ddim yn gweld pam bod angen gwneud ffys am yr ymweliad. Pam roedd angen i bobl gredu y byddai rhyw drawsnewidiad sydyn yn digwydd i berson am eu bod nhw'n byw ar ynys am gwpwl o ddiwrnodau? Gwiriondeb llwyr. Roedd ganddo ddigon i boeni amdano'r diwrnod hwnnw. Gruff yn cyrraedd yn hwyr am un peth, a'r unig *boom* oedd ganddo oedd yr un yn ei ben. Roedd ei staff wedi dechrau llithro'n gynyddol anghyfrifol. Beth oedd o'i le ar y dynion sain 'ma, gwedwch? Roedd pob un y bu e'n gweithio gydag e yn drewi o alcohol.

Ond dyna oedd ffawd y dynion technegol yma, hyd y gwelai. Gormod o chwisgi fin nos, ond dim digon o gynllunio'u gwaith. Roedd Justin yn hoffi cynllunio. Roedd yn rhaid iddo edrych ei orau, on'd oedd? Ei lais, ei wyneb – dyna ei fyd. Roedd pawb yn gwybod bod alcohol yn heneiddio dyn.

Cafodd wybod am y rhaglen hon rai misoedd yn ôl. Ynysoedd oedd y tirluniau newydd, esboniodd Lucinda, ei gynhyrchydd, ac fe fyddai'n rhaid iddyn nhw ddilyn ffasiwn yr oes. Wrth gwrs, roedd e wedi dechrau cyffroi, gan ddychmygu rhywbeth cwbl wahanol, fel Y Canary Islands, ynysoedd Groeg a Barbados. Nid Enlli, Ynys Bŷr a Sgomer. Cael ei anfon yno ar gwch bach, a'i ben-ôl yn wlyb. Roedd e wedi dadlau gyda Lucinda am y peth, wedi gofyn iddi ailystyried. Ond hi enillodd y dydd, am mai hi fyddai'n cael ei ffordd bob tro. Dyna pam mai hi oedd y bos, ac mai'r gwas oedd yntau, sylweddolodd, gan deimlo'n ynfyd.

'Dewch i mewn, Justin,' meddai, er ei fod e eisoes ar y ffordd i mewn i'w stafell. '*Sit.*'

'Dwi ddim yn siŵr am hyn, Lucinda,' meddai, ar ôl ystyried y peth, hanner o ddifri. 'Dwi ddim yn gwbod a fedra i, wir nawr. Ma' Saskia a finne'n trio am fabi ar hyn o bryd a fydde'r amseru'n…'

Doedden nhw ddim yn trio am fabi. Doedden nhw ddim yn trio o gwbl. Fe oedd yn trio am fabi, ar ei ben ei hun, yn ei ben. Yn ceisio rhoi'r darnau wrth ei gilydd fesul nodwedd, ei wallt melynfrown ef, llygaid gwyrdd Saskia, amynedd mwyn ei fam, uchelgais tanbaid wncwl Stan…

Bu rhyw dawelwch annifyr o'u cwmpas ers misoedd bellach, a'r peth diwethaf a ddymunai Justin oedd mwy o dawelwch, mwy o lonyddwch. *Mae'n lledu tu mewn i mi*, teimlai fel dweud, er na fuasai byth yn bosib iddo ddatgelu dim ond rhyw haen haearnaidd ohono ef ei hun yng ngŵydd Lucinda. Pe bai Lucinda'n amgyffred un gronyn o'r sentiment yna, fe fyddai e'n destun sbort yn y ciniawau gwaith yma doedd e byth yn cael ei wahodd iddyn nhw. *You're just a reporter, cariad*, dyna oedd hi wedi dweud wrtho mewn parti Dolig, wedi iddo arllwys problemau'r byd drosti, yn gymysg â gwin gwyn. *Nice convenient totty for the Welshies*, dyna ddywedodd hi, cyn gwthio jinsen a thonic i'w wyneb a chwerthin fel merch ysgol.

'Ma'n rhaid i ni neud y rhaglen 'ma, Justin, *we've got to do it. Otherwise*, ma'r arian yn mynd i fynd at neud rhywbeth *piss-boring* am gestyll ac fe geith rhywun arall y job; *someone else will get it.*'

Roedd siarad â Lucinda fel bod mewn ogof weithiau.

''Wy wir ddim yn credu mai dyma'r amser...'

'Justin cariad bach, *the money's there. And they want to make a book about it*, blodyn, dy lun bach pert di ar y clawr. They want to call it, *Waltzing up the Isle, with Justin Bowen. And they want to make a* Cymraeg *version* hefyd. *It'll be the talk of the suburbs, darling.* Fydd e'n mynd rownd y ddinas 'ma *fel hotcake.*'

Bron iddo ddangos dryswch y trosiad iddi, ond cyn iddo hyd yn oed gael gafael ar yr eirfa i wneud hynny roedd e eisoes yn dychmygu'r peth: llyfr a'i lun e ar y clawr. Roedd hynny'n rhywbeth, i ddechrau. Hyd yn oed petai'n sgrifennu nofel, dim ond ar y cefn y câi ei lun fod – a hynny'n fychan. Roedd ei lun yn mynd i fod ar y clawr. Hyrwyddo'i hun. *Stocking filler.* Cael bod yn seleb go iawn. Saskia'n fframio'r clawr ac yn cynhesu tuag ato yn y gwely.

Cyn iddo orffen ei goffi roedd Lucinda wedi ei wthio allan o'r swyddfa a dweud wrtho fe y byddai hi'n sortio'r criw camera. Cyn iddo fynd ategodd:

'And *gyda llaw, there's going to be an* awdur preswyl *there.*'Na'n siŵr bo ti'n cael *interview* gyda hi, *ok*? Fydd e'n edrych yn dda yn y llyfr. *Off you go then Justin* cariad. *Mwah!*'

Llyncwyd ei chusan ffug gan yr awyr stêl. Ffoniodd Justin Saskia o goridor gwag Cwmni Grata.

'Llongyfarchiadau, Justin! Ma hynny'n newyddion gwych.'

Llamodd ei galon. O'r diwedd roedd ei wraig – ei annwyl wraig – yn cymryd balchder yn ei waith. Ond yna fe ddaeth yr ergyd.

'Am faint fyddi di i ffwrdd?'

Ei llais yn dawnsio.

Roedd y ffermwr, Daf, a'i wraig Mwynwen, yno i'w croesawu. Neb arall. Roedd e wedi clywed si bod nifer o'r ynyswyr yn ddrwgdybus o bethau fel hyn – y cyfryngau'n gyffredinol. *You've got to make them trust you, to like you darling,* cofiodd Lucinda yn ebychu wrth y dderbynfa, cyn ei gusanu. *Pob lwc.* Ac yntau'r foment honno wedi teimlo awydd gafael amdani a dweud wrthi nad oedd e eisiau mynd o gwbl, ac nad oedd e'n argyhoeddedig y byddai unrhyw un yno'n ei licio, dim ots pa mor galed yr ymdrechai. Justin oedd e wedi'r cyfan, a doedd e ddim yn licio'i hun rhyw lawer.

Ond wnaeth e ddim. Gwenodd arni a swagro i ffwrdd gyda'i gerddediad gwrywaidd arferol, neu fel yr hoffai deimlo y byddai'n edrych o bellter.

Cafwyd dechrau digon sigledig. Roedd Gruff – fel y soniwyd eisoes – wedi yfed ychydig yn ormod y noson cynt. A chan fod cymaint o lwyth gan y criw roedd yn rhaid iddyn nhw ddod ar y cwch pysgota mawr yn hytrach na chwch yr ymwelwyr. Gwyliai Justin wyneb Gruff yn troi'n araf yn wyn, ac yna'n wyrdd. Gwyliai Alwyn, y dyn camera, yn smygu un sigarét ar ôl y llall, gan chwythu'r mwg i gyfeiriad wyneb Gruff. Thorrodd 'run o'r ddau air gyda Justin, ond yn hytrach mwynhau eu jôcs bach nhw'u hunain. Roedd hyd yn oed Lucinda, a Clive yr Uwch-gynhyrchydd (a oedd yn enwog am fod yn sychach na bara'r cantîn) yn medru rhannu jôc gyda'r ddau glown yma. Ond bob tro y ceisiai Justin, roedd fel petaen nhw'n gosod wal gadarn rhyngddynt ag ef. Doedd e ddim yn ffitio yn eu cwmni – a doedd e ddim yn siŵr iawn pam. Yr un oedd y rheswm pam nad oedd e'n ffitio i mewn ym mywyd ei wraig, hefyd, mae'n siŵr. Tan y gallai ddarganfod yn union beth oedd mor wrthun yn ei gylch – i'r criw, i'w fos, i'w wraig, – doedd ganddo ddim syniad sut y gallai ddechrau hudo dieithriaid gyda'i bersonoliaeth, os oedd ganddo bersonoliaeth o gwbl.

Ond roedd ganddo ryw fath o sicrwydd o flaen y camera. Roedd pawb yn dweud hynny. Un o'r goreuon. Un o'r rhesymau pam ei fod yn cael ei anfon fan hyn yn y lle cyntaf. Am ei fod e'n broffesiynol. Am ei fod e'n gallu trosglwyddo. Ac mewn fflach sydyn o orfoledd a hyder, fe orchmynnodd fod Alwyn a Gruff yn gwneud eitem yn y fan a'r lle.

'Ond 'smo fe ar yr *itinerary*,' protestiodd Alwyn, 'ac os nag yw Lucinda…'

''So Lucinda ma, odi 'ddi?' gwaeddodd, gan fwynhau sain ei lais ei hun yn rhyddid yr awel. ''Sdim pwynt i ni lynu at rwbeth ga'th 'i ddyfeisio dros fwrdd mahogani yng Nghaerdydd nawr, o's e? Bois bach… tasen nhw 'mond yn gallu arogli'r awel 'ma… gweld y tonne… gweld hyfrydwch y ffaith bod 'na ŵr a gwraig fferm iach yr olwg yma'n ein disgwyl ni… fydden nhw'n deall y peth i'r dim… 'sdim cliw 'da nhw, Alwyn… ma'n rhaid i ni ddal y foment hon.'

A chyda hynny, cydiodd yn y darn papur, ei rwygo'n ddarnau, a'i daflu i'r môr. Syllodd Alwyn arno, ei wyneb fel y galchen. Yna, wrth weld y darnau papur yn hedfan i ffwrdd, dechreuodd ildio gwên lydan.

'Ti yw'r bos, Justin.'

Pan fyddai'n edrych yn ôl, fe fyddai Justin yn cydnabod mai dyma ddechrau ei drawsnewidiad.

Adar o'r unlliw

E DDAETH YR ADAR. Sioned a minnau'n taranu i fyny'r llwybr, yn chwerthin ac yn canu am yn ail, ac yna'r darlun yn newid. Wedi bod yn swpera roedden ni, ym mhen draw'r ynys, yn iard fechan geifr Tomos, yr archeolegydd, ac Alys, y wirfoddolwraig hardd. Dim byd ond lamp nwy i oleuo'n sgwrs wrth fwyta mewn gofod du, dieithr, a dwy afr yn brefu o'r corneli. Bel a Telor yn rhedeg o'n cwmpas mewn cylch, a lleisiau'u rhieni i'w clywed yn y pellter, yn galw amdanynt. Cysgodion y golau'n neidio wrth i'r enwau dieithr droi'n walltiau ac ystumiau, yn gwestiynau ac yn gyhuddiadau chwareus.

'Be wyt ti'n sgrifennu, ta?' gofynnodd Sinsir, wrth ddwrdio un o'r geifr am stwffio'i thrwyn yn ei phasta.

'Dwi ddim yn siŵr eto...'

'Do's gin ti ddim cynllun? Mi ddylia Siôn 'di gneud yn siŵr bod gin hi gynllun... 'da ni'm isho gwastraffu'n pres nag'dan...' Cadi, gyda staen saws oren ar ei gên.

'Dwi'n meddwl... sgrifennu nofel falle...'

'Falle? Dw't ti'm yn swnio'n bendant iawn...' chwarddodd Sioned.

'Allet ti sgrifennu stori garu,' ebychodd Leri, gan deimlo gwres Sinsir.

'Wel *dwi* ddim isho bod yn rhan o nofel unrhyw un diolch

yn fawr, stori garu neu beidio…' Cadi'n sgyrnygu.

"Sgin ti dy brif gymeriad eto?' meddai Alys, a'i llygaid yn fawr.

Allan o dynerwch y düwch y daeth e. Hwnnw a fu'n eistedd yno'n fudan wrth gornel y bwrdd pren a'i lygaid yn pefrio trwof, yn sydyn wrth fy ymyl, yn ail-lenwi fy ngwydryn gwin. Yn gnu amddiffynnol ar noson-heb-sêr, yn fy ngwarchod rhag cwestiynau llachar y merched.

'Paid â phoeni amdanyn nhw,' meddai, "ma nhw mond yn ddig nad dyn wyt ti. 'Sa i'n cyfri fel dyn go iawn, yn ôl y sôn. Tomos dw i gyda llaw – yr archeolegydd.'

Gwres y pridd yn ei gledrau. Rhywbeth amdano yn fy nenu, o'r cychwyn cyntaf. Clywed, o enau'r archeolegydd hwn, hanesion am y pethau hynny sy'n llechu'n ddwfn yn y pridd, cofnodion go iawn o fywyd yr ynys sy'n batrymau cudd ar hyd esgyrn a cherrig. Mae'n dweud wrtha i am y cloddio sy'n digwydd yng Nghae Uchaf, a beth yw pwrpas archeoleg: i ddarganfod mai trwy'r pethau caled, diriaethol, y down i ddeall ein hanes.

'Dylet ti ddod i gymryd rhan yn y cloddio,' meddai. 'Ni angen help, ti'n gwbod. Yn enwedig gan fod y lot 'ma mor ddiog!'

"Sa i'n gwbod lot am gloddio…'

'Ma 'da ti ddwy law, nag o's e? 'Sot ti angen gwbod mwy na 'na.'

Pam na fedraf edrych i fyw ei lygaid wrth ateb 'nôl? Weithiau, mae un edrychiad yn ddigon i newid y cyfan am byth. Hwn yw'r dyn a fu yma ers wythnosau, heb gael ei weld fel dyn 'go iawn' ynghanol y merched nwydwyllt. Pam mai dim ond y fi sy'n gweld y rhywioldeb dwfn yn ei lygaid glas? A'r harddwch sy'n cuddio tu ôl i'r farf arw, a'r gwallt sydd fymryn yn rhy wyllt? Ac yntau ugain mlynedd yn hŷn na mi.

Mae'n rhaid i mi beidio â threulio gormod o amser yn ymhél â hen bethau, rwy'n atgoffa fy hunan.

'O na!' gwaeddodd Alys dros bob man, ar ôl iddi ddod 'nôl wedi dychwelyd Bel a Telor at eu rhieni. Dyma fel roedd Alys yn cael sylw fel arfer. Gweiddi dros y lle.

Sgrialodd y geifr i bob man.

'Cadw dy lais lawr, 'nei di!' ebychodd Cadi. 'Bydd Dic isho godro rheina fory, er mwyn neud caws. A dwi'n gwbod o brofiad nad ydi'r caws ddim cystal os yw'r geifr 'di dychryn.'

'Newydd glywad ydw i,' meddai Alys, a'i llygaid brown yn goleuo'r nos, 'fod 'na griw teledu newydd gyrraedd heddiw. Tri dyn!'

'O ia,' meddai Sioned, ''na'th Siôn ddeud 'wbath... Justin Bowen.'

'Pam na fasat ti'n deud, 'te?'

'O'n i'n meddwl mai un o straeon Siôn oedd o, on'd own i!'

'Justin Bowen...' meddwn, gan deimlo fy mod i wedi fy mradychu. 'Dod yma i ddianc rhag y newyddion 'nes i.'

'Ma nhw'n neud rhyw raglen am ynysoedd neu rywbeth... Ma nhw'n cynnal barbeciw nos fory yn ôl y sôn er mwyn cael 'yn ffilmio ni i gyd fel 'ffrindiau' hapus gyda'n gilydd.'

'Dwi'm yn mynd i unrhyw farbeciw…' dechreuodd Cadi.

'Iawn, mwy o alcohol – a dynion – i ni, ta!'meddai Alys, gan fflachio'i bol yn sydyn ar y criw.

Cerdded 'nôl i'r goleudy a braich Sioned yn gwmni. Cadi wedi hen fynd o'n blaenau ni, gan ofni agosatrwydd gafael am rywun arall wrth droedio'n ansicr ar lwybr tywyll – dyna yw barn Sioned, beth bynnag. Gallaf deimlo ei thynerwch trwy'r tywyllwch. Dywedais i wrthi eto, mewn manylder, am y dyn heb wyneb, am y diwrnod ola yn Uwchmynydd, y teimlad od hwnnw rhwng cariad a cholled. Yn gyfnewid am y stori, dywedodd hi wrthyf i am y noson gyntaf iddi gerdded adre o'r pentre 'nôl at y goleudy. Cadi a hithau, a hithau newydd ddechrau ar ei swydd fel cynorthwyydd ecolegol. Cadi wedi cael llond bol o chwisgi – *os alli di ddychmygu hynny*, meddai'n chwareus, a'r lloer yn rhedeg at gorneli'i cheg – yn trio ffeindio'r llwybr ond yn methu, ac yn cerdded i mewn i'r cloddiau o hyd. Yn mynnu cerdded ychydig o flaen Sioned i sefydlu ei statws, er mwyn dangos pwy oedd y bos. 'Nid 'mod i wir isho treulio'n noson gynta yn gweld 'y mos i'n baglu dros bob man ac yn methu rhoi brawddeg at 'i gilydd,' dywedodd Sioned, a'i gwên yn goleuo'r llwybr.

Mae hyn yn gwneud i mi chwerthin yn uchel. Fy chwarddiad cyntaf, bol-gynnes go iawn ers i mi gyrraedd yr ynys. Mae'n gwneud i mi garu Cadi, wrth feddwl am ei gwendid, hithau'n golledig am unwaith, a'i sbectol yn syrthio oddi ar ei thrwyn wrth i'r clawdd ei chofleidio'n sydyn.

Yna, holi am yr archeolegydd tywyll â'r llygaid clir.

'Tomos… yr archeolegydd…'sgynno fo gariad?'

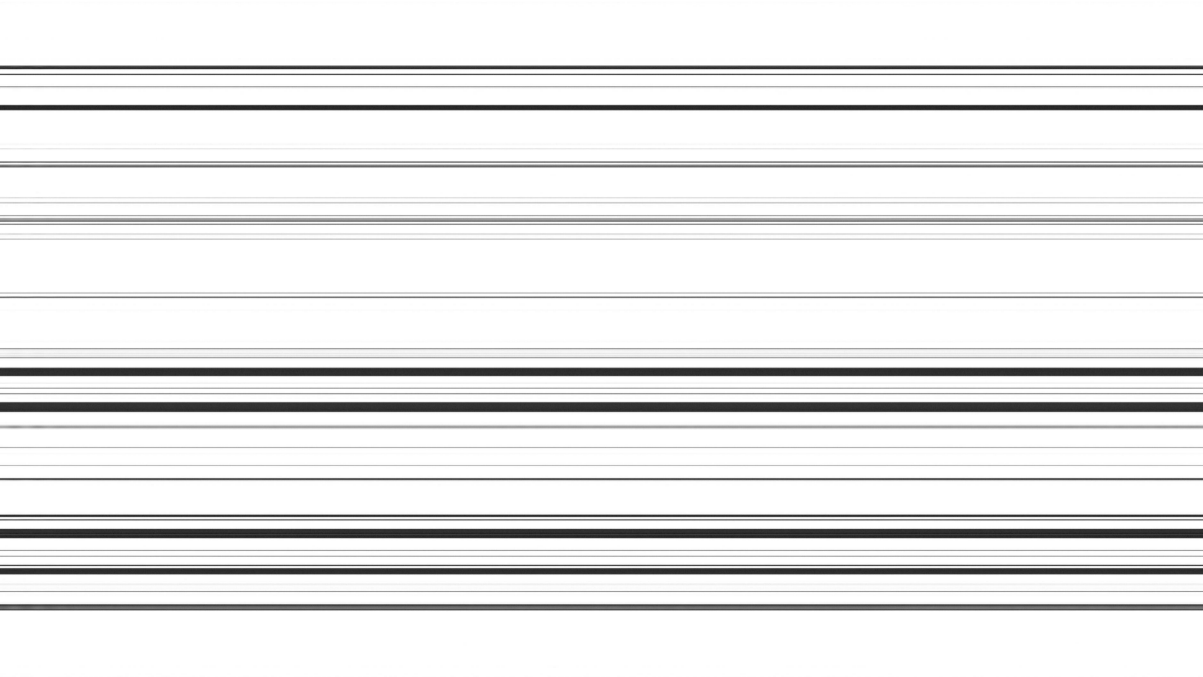

ybr.
neddwl
? Dwyt
d wedi
dl. Fel
ontefe?
im, am
redu y
i lygaid

wyr, yn

11. Cael
achio
hwilio
yna lle
a chan
'yn ni
tynnu
ch ei
dieithr
syrthio
eimlo
li mor
sgwyl.
yno'n
m ar y

dyn dieithr hwn, a

adennill cydbwyse

'Y cymyla syd

ac wrth i minnau

hymarferoldeb. R

ychydig o'r hyn sy

nhw. Yn crawcia

yn troi o gylch y

Llwybr clir y sêr

drysu'n llwyr ar eu

un seren, a honn

iddyn nhw symud

llygaid yn syn, ro

Angau'n diferu

wrth iddo syrthio'

golau. Mae un yn

lawr, yn staenio fy

olaf.

''Sa'n well i ti

weld fy mod i, fe

methu symud can

di gasglu'r rhai sy

Rwy'n dal bo

arch ydyw, ar gy

Sioned a'r adary d

gyda golau'u lam

drwy faes y gad, yr

Ac yn dychryn, s

rhywbeth oddi m

tua'r goleuni. 'M

weld fel dyn 'go iawn' ynghanol y merched nwydwyllt. Pam mai dim ond y fi sy'n gweld y rhywioldeb dwfn yn ei lygaid glas? A'r harddwch sy'n cuddio tu ôl i'r farf arw, a'r gwallt sydd fymryn yn rhy wyllt? Ac yntau ugain mlynedd yn hŷn na mi.

Mae'n rhaid i mi beidio â threulio gormod o amser yn ymhél â hen bethau, rwy'n atgoffa fy hunan.

'O na!' gwaeddodd Alys dros bob man, ar ôl iddi ddod 'nôl wedi dychwelyd Bel a Telor at eu rhieni. Dyma fel roedd Alys yn cael sylw fel arfer. Gweiddi dros y lle.

Sgrialodd y geifr i bob man.

'Cadw dy lais lawr, 'nei di!' ebychodd Cadi. 'Bydd Dic isho godro rheina fory, er mwyn neud caws. A dwi'n gwbod o brofiad nad ydi'r caws ddim cystal os yw'r geifr 'di dychryn.'

'Newydd glywad ydw i,' meddai Alys, a'i llygaid brown yn goleuo'r nos, 'fod 'na griw teledu newydd gyrraedd heddiw. Tri dyn!'

'O ia,' meddai Sioned, ''na'th Siôn ddeud 'wbath... Justin Bowen.'

'Pam na fasat ti'n deud, 'te?'

'O'n i'n meddwl mai un o straeon Siôn oedd o, on'd own i!'

'Justin Bowen...' meddwn, gan deimlo fy mod i wedi fy mradychu. 'Dod yma i ddianc rhag y newyddion 'nes i.'

'Ma nhw'n neud rhyw raglen am ynysoedd neu rywbeth... Ma nhw'n cynnal barbeciw nos fory yn ôl y sôn er mwyn cael 'yn ffilmio ni i gyd fel 'ffrindiau' hapus gyda'n gilydd.'

'Dwi'm yn mynd i unrhyw farbeciw...' dechreuodd Cadi.

'Iawn, mwy o alcohol – a dynion – i ni, ta!'meddai Alys, gan fflachio'i bol yn sydyn ar y criw.

Cerdded 'nôl i'r goleudy a braich Sioned yn gwmni. Cadi wedi hen fynd o'n blaenau ni, gan ofni agosatrwydd gafael am rywun arall wrth droedio'n ansicr ar lwybr tywyll – dyna yw barn Sioned, beth bynnag. Gallaf deimlo ei thynerwch trwy'r tywyllwch. Dywedais i wrthi eto, mewn manylder, am y dyn heb wyneb, am y diwrnod ola yn Uwchmynydd, y teimlad od hwnnw rhwng cariad a cholled. Yn gyfnewid am y stori, dywedodd hi wrthyf i am y noson gyntaf iddi gerdded adre o'r pentre 'nôl at y goleudy. Cadi a hithau, a hithau newydd ddechrau ar ei swydd fel cynorthwyydd ecolegol. Cadi wedi cael llond bol o chwisgi – *os alli di ddychmygu hynny*, meddai'n chwareus, a'r lloer yn rhedeg at gorneli'i cheg – yn trio ffeindio'r llwybr ond yn methu, ac yn cerdded i mewn i'r cloddiau o hyd. Yn mynnu cerdded ychydig o flaen Sioned i sefydlu ei statws, er mwyn dangos pwy oedd y bos. 'Nid 'mod i wir isho treulio'n noson gynta yn gweld 'y mos i'n baglu dros bob man ac yn methu rhoi brawddeg at 'i gilydd,' dywedodd Sioned, a'i gwên yn goleuo'r llwybr.

Mae hyn yn gwneud i mi chwerthin yn uchel. Fy chwarddiad cyntaf, bol-gynnes go iawn ers i mi gyrraedd yr ynys. Mae'n gwneud i mi garu Cadi, wrth feddwl am ei gwendid, hithau'n golledig am unwaith, a'i sbectol yn syrthio oddi ar ei thrwyn wrth i'r clawdd ei chofleidio'n sydyn.

Yna, holi am yr archeolegydd tywyll â'r llygaid clir.

'Tomos... yr archeolegydd...'sgynno fo gariad?'

Synhwyro'r syndod wrth i Sioned stopio ar y llwybr.

'Tomos? Ym… dwi'm yn gwbod… dwi 'rioed 'di meddwl am y peth… nag oes ma'n siŵr. Tomos, pam ti'n gofyn? Dwyt ti'm yn… does bosib bo' ti…'

Gweld yr anghrediniaeth yn ei llygaid. Dim ond wedi ei weld yn gymeriad diddorol ydw i, dyna yw fy nadl. Fel cymeriadau mae awduron yn dueddol o weld pobl, ontefe? Mae Sioned yn derbyn fy ymateb, heb gwestiynu dim, am nad yw hi'n bosib iddi feddwl amdano fel arall, nac i gredu y gallai unrhyw un weld unrhyw beth ond y llanw yn ei lygaid gleision.

Torrwyd ar fy myfyrdodau gan ebychiad Sioned.

'Sbia! Adar!' meddai hi, wrth i'r gair syrthio o'r awyr, yn blu i gyd.

Rhedeg i mewn trwy'r gatiau, heibio ffenest fy ystafell. Cael braw wrth edrych i mewn a gweld dyn dieithr yno, yn fflachio golau tortsh i mewn i'r cypyrddau. 'Paid â phoeni, chwilio am fwy o lampau mae o i ddenu'r adar 'nôl lawr – dyna lle ma'r adaryddwyr yn cadw'u stwff,' esboniodd Sioned (a chan ddwyn i gof yn sydyn gŵyn Cadi – 'ti'n gwbod nad 'yn ni wir i fod rhentu'r stafell 'na, on'd wyt ti?') heb fedru tynnu ei llygaid oddi ar yr olygfa bluog ugain troedfedd uwch ei phen. Ond edrych i gyfeiriad arall ydw i, ar y dyn dieithr hwnnw yn fy stafell, a gwylio wrth i olau'r tortsh syrthio dros fy ngorchudd gwely, fy llyfrau, fy nyddiadur. Teimlo rhyw ddieithrio sydyn y foment honno, wrth sylweddoli mor ddiwerth yw fy myfyrdodau yn wyneb natur, a'r annisgwyl. Yr adar sy'n bwysig – nid y fi – a phetawn i wedi bod yno'n cysgu yn fy ngwely, ni fyddai hynny wedi poeni dim ar y dyn dieithr hwn, a oedd yn benderfynol o adfer y sefyllfa, ac adennill cydbwysedd y noson gymylog hon.

'Y cymyla sydd ar fai,' esbonia Sioned, wrth weithredu, ac wrth i minnau ei dilyn yn ynfyd, gan ysu am ychydig o'i hymarferoldeb. Rwy'n edrych i fyny er mwyn ceisio deall ychydig o'r hyn sy'n digwydd. Yn gweld cannoedd ohonyn nhw. Yn crawcian, sgrechian, cythru, troelli, tagu, mygu, oll yn troi o gylch y golau mawr, ac wedi'u cyfareddu ganddo. Llwybr clir y sêr wedi'i dduo gan gymylau, cymaint nes eu drysu'n llwyr ar eu taith, fesul mintai, tua'r de. Nawr does ond un seren, a honno mor bwerus o ddisglair fel nad oes modd iddyn nhw symud yn eu blaen, dim ond troelli a throelli a'u llygaid yn syn, rownd a rownd a rownd a rownd.

Angau'n diferu o'r awyr. Clywaf grawc olaf ambell un wrth iddo syrthio'n glep i'r ddaear, a'i lygaid llonydd yn llawn golau. Mae un yn cyffwrdd â chornel fy nghlust ar y ffordd i lawr, yn staenio fy ymwybod am byth gyda braw'r cyffyrddiad olaf.

''Sa'n well i ti helpu, dwad?' meddai Sioned, wedi iddi weld fy mod i, fel yr adar, wedi fy nghyfareddu'n llwyr, yn methu symud cam o'r fan hon. 'Hwda, cymer hwn – mi gei di gasglu'r rhai sy 'di marw.'

Rwy'n dal bocs bach yn fy llaw, ac yn deall yn sydyn mai arch ydyw, ar gyfer yr adar sy'n syrthio o'r awyr. Tra bod Sioned a'r adaryddwyr eraill yn ceisio denu'r gweddill i lawr gyda golau'u lampau nwy a'u tortshys, rwyf i'n camu'n ofalus drwy faes y gad, yn chwilio am lonyddwch, düwch a difodiant. Ac yn dychryn, sawl tro, wrth gau caead y bocs a theimlo rhywbeth oddi mewn yn llamu, yn gwthio'i ffordd drachefn tua'r goleuni. 'Ma'r rhai sy 'di niweidio angan mynd i'r cwt adar,' esbonia Siwan, gan geisio'i gorau i beidio â chwerthin ar y cryndod yn fy nwylo.

Camu'n ôl wedyn, i chwilio am y rheiny sydd wedi eu clwyfo, wrth i'r gweddill lithro heibio i mi tuag at y llusernau. Ceisio arddel hynny o ddygnwch sydd gen i wrth ddal corff aderyn byw yn fy nwylo noeth. Mae un sy'n rhy glwyfedig i hedfan yn dal i drio fy mrathu â'i big yn chwyrn yn erbyn fy nghroen. Tynnu gwaed. Cau fy llygaid, agor drws y cwt â'm troed, a'i ostwng i ddiogelwch gyda'r adar eraill.

Oriau'n pasio. Fy nwylo'n waed i gyd. Ond fesul un ac un, mae'r adar yn disgyn, yn ildio, yn colli eu dryswch. Yn sylweddoli bod y sêr ar goll, ac mai eu noddwyr, eu gofalwyr, yw'r wynebau sy'n tywynnu tu ôl i'r lampau islaw. Yr adaryddwyr yn cyffroi wrth dderbyn y trysorau yn eu dwylo – cael bod wyneb yn wyneb â Tinwern y Garn, Telor yr Helyg a Gwybedog Mannog – enwau na fu hyd yma yn ddim ond addewid ar bapur, yn lluniau du a gwyn mewn llyfrau.

Y cyffro wedyn, dros baneidiau dirifedi o goffi du yn y gegin las, wrth i'r criw ddiosg eu blinder er mwyn dathlu'r darganfyddiadau – y Telor Brongoch o dde Ewrop, y Troellwr Bach Rhesog o Asia, a Gwylan Sabine o'r Arctig. Y cyfan oll yn y cwt adar, yn barod i'w hastudio'n fanylach yng ngolau dydd. Ac er y byddai'n rhaid eu rhyddhau'r noson ganlynol, eu taflu o'n dwylo a'u gwylio'n hwylio ymaith ar eu taith, roedd hi'n ddigon gwybod eu bod wedi taro heibio Enlli, a bod darn bychan o ysbryd yr ynys ymhlyg yn eu hadenydd.

A dyma yw fy meddylfryd wrth gario fy lamp nwy i lawr y coridor distaw. Hyfrydwch yr hyn na ellir ei ddal, ond sy'n fythol symudol. Sylweddoli bod y pethau r'yn ni'n eu gweld unwaith yn gallu aros gyda ni o hyd, a'r argraff yn oesol.

Ond buan y daw geiriau Cadi i ymyrryd â'r heddwch mewnol, yr arddeliad distaw ynof. Mae hi'n agor drws ei stafell ac yn dweud mai hi oedd yn iawn. Fe ddaeth yr adar ac fe fu'n rhaid i'r adaryddwyr fynd i mewn i'm stafell i. Nawr, fe fyddai'n rhaid iddyn nhw gerdded yr holl ffordd yn ôl i'r Wylfa, a hithau'n oriau mân y bore, am nad oedd yna wely iddyn nhw.

''Da fi wely sbâr yn fy stafell...'

*Mae hi'n rhy hwyr n*ŵ*an, on'd ydi?* medde hi, gan gau'r drws.

Ond wrth wylio llusernau pell yr adaryddwyr wrth iddyn nhw deithio'n ôl at yr Wylfa, teimlaf fy mod, o'r diwedd, yn dechrau deall ychydig o'r cyffro sy'n nodweddu byw ar yr ynys hynod hon. Y noson honno, roeddwn wedi dychwelyd i'm cartref, yn hapus feddwol fel y gwnes droeon o'r blaen. Ond y tro hwn, nid at dŷ gwag na set deledu ddienaid, ond at olygfa wyrthiol na fyddai'r rhelyw o bobl byth yn ei gweld – natur a thechnoleg yn gafael yn dynn yn ei gilydd, yn un gwead angheuol, gwrthgyferbyniol, cyfareddol. Yr angau harddaf y byddwn yn ei weld erioed, galar yn orlif o blu glas o awyr lasach, a'r crawcian mor enbyd, mor gymhleth, nes ffurfio ei alaw hardd ei hun, nodau'n llawn nwyfiant anghyffredin, yn neges gudd mewn iaith arall.

Ac mi roeddwn i'n benderfynol, wrth gynnau sgrîn fy nghyfrifiadur er mwyn cofnodi'r cyfan, na fyddai agwedd un ferch flinedig yn gwneud i mi anghofio gorfoledd unigryw'r noson honno. Yn enwedig o ystyried nad oedd y ferch dan sylw hyd yn oed wedi trafferthu dod allan o'i stafell wely.

Linc

'ADYMA NI, ar draeth Solfach ar Ynys Enlli, yn paratoi ar gyfer noson fawreddog. Ydyn, mae'r ynyswyr i gyd yma, yn barod am dipyn o barti... ac yn sefyll tu ôl imi nawr mae...'

'Stop!' gwaeddodd Alwyn, y dyn camera. 'Eto plîs Justin, mae'r cwch allan o'r shot. Sym 'chydig i'r chwith os 'nei di.'

Ochneidiodd Justin. Doedd ei feddwl ddim ar waith. Funudau'n gynt roedd e wedi dringo hanner ffordd i fyny'r mynydd er mwyn ffonio Saskia. Roedd y geiriau'n dal yn dân ar ei groen.

'Hai cariad, Justin sy 'ma.'

Moriodd yn y saib am ennyd, cyn mentro ymhellach i'r gwacter.

'Sask? Ti'n ocê?'

'Ydw, Justin, dwi'n iawn, diolch.' Ei llais yn bigog, yn haearnaidd. 'A tithe?'

Roedd y ffurfioldeb yn ei frifo. Ac fe wyddai hi hynny'n iawn. Ceisiodd ei ddiddymu'n ynfyd â geiriau.

'Ydw, grêt. Ma'r ynys 'ma'n... wel, yn ddiddorol, t'mod, os ti'n lico'r math ma o beth, ac fel ti'n gwbod, 'wy ddim odw i... ond 'na ni... 'sdim rhyfedd bod nhw i gyd yn yfed shwd gyment pan do's 'na ddim jiawl o ddim byd i neud ma, ac ma'r ffaith bod gyment o alcohol 'da nhw wedi'i storio... wel... ti'n gwbod fel ma' fe, Gruff, 'sdim siâp arno fe o gwbl... a 'na ti beth arall, a dwi'm yn gwbod pwy ddiawl fydd â diddordeb yn y rhaglen ond... ni'n cael llond ein boliau yn y fferm, cofia...'

'Justin,' meddai Saskia mewn llais caead-ar-focs, 'ma 'na rywun wrth y drws.'

Gwyddai yntau iddo anghofio, mewn dau ddiwrnod, am glychau drysau a phethau felly, ond doedd e ddim wedi anghofio sut roedd un yn swnio, chwaith.

'Saskia, 'sneb wrth y drws, oes e?'

'Oes! 'Wy newydd glywed rhywun yn parco car tu fas...'

'Allwn ni siarad?'

'Sdim amser 'da fi nawr, Justin, reit? Joia dy hunan ar dy ynys!'

Roedd y sgwrs honno'n dal i fod yn ei wythiennau wrth ffilmio'r linc.

'Ti'n mynd i ddechre 'to, 'de?' gofynnodd Alwyn.

'Sori... reit... dyma ni, ar draeth Enlli, a'r ynyswyr yn barod am barti mawr y ganlif, ganrif *I mean... Bollocks, start again...*'

Wedi ffilmio'r linc – a gymerodd ryw ddwy awr yn fwy nag y dylai – gofynnodd i Alwyn fynd ati i gael *shots* o'r barbeciw'n cael ei gynnau, tra âi e i edrych am fwy o leoliadau addas i ffilmio. Roedd angen dod o hyd i ryw leoliad gwahanol, syfrdanol, er mwyn rhoi ychydig o sglein i'r cynhyrchiad, i ddangos eu bod nhw'n barod i archwilio pob rhan o'r ynys, nid dim ond dangos y rhannau mwyaf nodweddiadol ohoni. 'Ma gwaith dal lan 'da ni neud, on'd o's e?' meddai Justin, heb lwyddo i ddal sylw Gruff â'i wyneb-gwyrdd nac Alwyn â'i lygaid diamcan. 'Yn enwedig gan i ni golli mas ar neithiwr.'

Roedd pawb ar yr ynys yn parablu am neithiwr. Cymaint nes mynd ar ei nerfau. Yr atyniad mwyaf trawiadol mewn blynyddoedd, dyna roedd pawb yn ei ddweud, er y bu'n rhaid iddo yntau wneud cryn dipyn o holi cyn amgyffred beth oedd 'atyniad' i ddechrau. Roedd e'n ddig, hefyd, fod bron pawb arall ar yr ynys wedi gweld yr olygfa hynod hon o adar yn chwyrlïo o gwmpas llusern y goleudy, ar wahân iddo ef. Pam nad oedd unrhyw un wedi meddwl deffro'r un a fyddai wedi gallu cynnig sylwebaeth gynhwysfawr ar yr achlysur, a'i drosglwyddo i weddill Cymru? Pan soniodd wrth Gruff ac Alwyn am y peth, ni dderbyniodd ymateb oddi wrth Gruff ond rhyw roch is-ddynol a'r sylw canlynol oddi wrth Alwyn: 'O ie... 'nes i ddihuno ambutu tri y bore ac edrych mas drw'r ffenest, a o'dd *loads* o adar ym mhob man, rhai ohonyn nhw'n hedfan straight mewn i'r gwydr a mynd *slap*! *bang*! – nes 'u bod nhw'n *gonners* – o'dd e'n *pretty amazing like.*'

Ac am i Alwyn beidio â'i ddeffro er mwyn rhannu'r profiad ag e, nac ychwaith iddo feddu ar ddigon o weledigaeth i godi o'i wely a ffilmio'r digwyddiad, cosbodd Justin ef trwy ei orfodi i ffilmio pob un dim a oedd yn digwydd ar yr ynys y diwrnod hwnnw, dim ots pa mor amherthnasol ydoedd. Gwelodd Alwyn yn gwgu'n ddig arno wrth gael ei orfodi i ffilmio'r ffermwr yn gosod y cig oen ar y barbeciw, a'r ffermwr, yn ei dro, yn gwgu'n annifyr ar Alwyn: 'Asu, w't ti isho ffilmio fi'n 'i gachu o allan hefyd?' ebe Daf y ffermwr, gan dasgu'r saim dros y lens.

Y bore hwnnw, cafodd Justin ryw bleser gwyrdroëdig wrth orchymyn y paladr hwn o ddyn camera i hepgor ei frecwast – dogn hael o gig moch, wyau wedi ffrio, a bara saim – er mwyn ffilmio Justin yn bwyta ei frecwast ef, gan fynnu y dylai Mwynwen, y wraig fferm a baratôdd y wledd, gymryd ei le wrth y bwrdd bwyd. Ac wrth weld Gruff yn piffian chwerthin, mynnodd Justin fod angen sain ar yr olygfa hefyd, er mwyn dal naws y sgwrs yn iawn. 'Dwi ishe mwy na jest rhyw synnwyr o bwy sy'n byw ble, wedi'r cyfan,' meddai Justin â phendantrwydd cadarn. Dwi ishe dangos bod ni'n *ymwneud* â'r bobl, nid jest eu ffilmio nhw, iawn?' Rhythodd Mwynwen arno. Doedd ganddi mo'r amser, na'r stumog, am ail frecwast. Ond mynnodd Justin gael ei ffordd, a'i gorfodi i sgwrsio'n gwbl annaturiol ag ef am ei chynlluniau ar gyfer y diwrnod hwnnw, tra oerai'r bacwn, a hynny i gyfeiliant stumog wag Alwyn, a thorri gwynt anorfod, alcohol-arogleuog Gruff. Wedi iddyn nhw orffen ffilmio, roedd Justin wedi cael llond ei fola, ac roedd y bacwn dros ben wedi 'i roi i'r moch. Yn anffodus, roedd gweld y ddefod ganibalaidd yn ddigon amdano – ac fe chwydodd ei frecwast dros ben wal y fferm, er mawr annifyrrwch i Mwynwen.

'Pobl teli... dach chi'n dallt dim, nag dach? Gora po gynta ewch chi o 'ma, dduda i!'

Roedd Justin ymhell i ffwrdd oddi wrth y barbeciw erbyn hyn. Roedd e wedi clywed bod yna signal ffôn gwell i'w gael ar bwys y goleudy ac roedd e awydd sgwrs arall gyda Saskia. Doedd e ddim yn gwybod pam, chwaith, dim ond bod angen rhyw gadarnhad pellach arno nad oedd hi'n poeni fawr ddim amdano. Meddyliodd pa mor addas ydoedd bod yn rhaid iddo ymdrechu cymaint i gysylltu â hi, a hithau'n gwneud y nesa peth i ddim o ymdrech i gysylltu ag e. Wedi'r cyfan, roedd e wastad yn crwydro ar hyd rhyw lwybrau anghyfarwydd wrth geisio cysylltu â Saskia. Wastad â'i drwyn yn y gwynt a bob amser yn cael ei daro gan ryw chwa ryfeddol o oerfel.

'Dim 'ma'r amser i drafod hyn,' meddai hithau'n ddiemosiwn llwyr, fel petai e wedi bod yn sôn am dorri ewinedd ei thraed.

''Wy jyst ishe gwbod pam wyt ti 'di bod yn actio mor... mor oer 'da fi'n ddiweddar... odi fe achos bo fi 'di gweud... bo fi ishe babi?'

Oedd e wedi dweud hynny erioed? Doedd e ddim yn siŵr. Roedd wedi ei feddwl ganwaith. Roedd hwn yn lle rhyfedd i fod yn yngan y broblem am y tro cyntaf. Teimlodd wynt o'r gogledd yn ei daro'n sydyn.

'Justin, ti'n swnio fel bo ti ar ochr clogwyn...'

Yr eiliad honno, gwelodd Justin o gornel ei lygaid fod Alwyn yn cerdded tuag ato, ffag yn ei law, a chamera dros ei ysgwydd. Roedd e'n amlwg mewn hwyl wael. Yn hytrach na cherdded heibio i Justin safodd reit wrth ei ymyl ac er mwyn dial arno, stwffiodd y camera yn ei wyneb, a gwenu arno bob hyn a hyn fel petai'r hyn a wnâi yn gwbl naturiol.

'Soniest ti erioed am gael babi,' ebychodd Saskia ar ben draw'r lein, 'a dylet ti wbod 'y nheimlade i am 'ny beth bynnag. Alla i ddim cael babi nawr. Ma'n gyfnod pwysig yn 'y mywyd i, Just. *Jesus,* ti'n gwbod hyn. Nag wyt ti i fod yn gorffen y llyfr 'ma eniwe? Ma'n iawn i roi 'mywyd i *on hold* tra dwi'n cael babi ond nid dy un di – dyna fe? *Thirty-one* ydw i, ti'n gwbod – *hardly past it.* 'Sdim brys ta beth.'

Yn ara' bach, roedd Justin wedi dechrau cael ei gyfareddu gan sigarét Alwyn. Gwelodd flewiach gên yn cau amdani, yn un don flewog o reidrwydd, gafael, tynhau, gollwng, gafael, tynhau, gollwng. Meddyliodd pa mor rhyfedd oedd cynnal sgwrs ffôn breifat ar gamera.

'Justin! Justin? 'Na dy ateb di, 'te, ife? Gweud dim. Paid â bod mor blentynnaidd, 'nei di…'

A chyda hynny, roedd hi wedi mynd, a'r geiriau'n diflannu i'r awyr fel y llun hwnnw oedd ganddo yn ei ben o Saskia'n dal baban.

Awr yn ddiweddarach, roedd y parti wedi cychwyn. Safai Justin ychydig lathenni i'r chwith oddi wrth bawb arall. Doedd e ddim eisiau siarad 'da phobl, rhag ofn. Roedd e'n enwog, wedi'r cyfan; onid oedd hi'n ddigon i bawb ei fod e yno yn y lle cyntaf? Gwyliodd Gruff yn araf arllwys cynhwysion potel fodca i mewn i'w fflasg. Gwyliodd blentyn mewn whilber yn gwylio Gruff, heb yn wybod iddo fod yna rywun tu ôl iddo'n ei wylio yntau'n gwylio'r plentyn yn gwylio Gruff. Gormod o chwerthin, gormod o fwg. Gormod o ferched ifanc. O ble daeth y rhain i gyd? A pham roedden nhw i gyd yn tyrru yn eu degau o gwmpas Gruff ac Alwyn?

Roedd yna ormod o hapusrwydd. Gormod o gymuned. Gormod o bob dim na fedrai ei oddef.

Roedd hi'n amser gwely. Roedd ganddo ryw frith gof mai un o orchmynion Lucinda ar yr *itinerary* oedd iddo wneud cwpwl o lincs o amgylch y tân ar ddiwedd y parti, ond doedd ganddo ddim amynedd aros tan hynny; câi wneud hynny yn y bore. Pe bai'r tân wedi diffodd, fe fyddai'n rhaid ei ailgynnau. Beth oedd un eiliad ffug arall rhwng ffrindiau? Gallai glywed y linc yn ei ben: 'Wel, hyd yn oed wedi noson hegar mae'r tân yn dal i fflamio ar draeth Solfach...' ac yn y blaen, ac yn y blaen.

Ystyriodd ffarwelio â'i griw, ond roedden nhw wedi hen anghofio amdano. Roedd Alwyn yn dal wrthi'n ceisio cael shots o ryw ferch mewn twtw porffor yn jyglo tân, ac roedd Gruff yn rhoncian o ferch i ferch, a'i ddillad isa yn y golwg wrth i'w ben-ôl donni dros ei drowsus. Cerddodd ymhellach ac ymhellach i ffwrdd oddi wrth y miri, wysg ei gefn, tan mai'r cyfan oedd i'w weld o'r llwybr tywyll oedd môr o siapiau byw.

Camodd i mewn i'r ffermdy, ar goll yn y tywyllwch. Gwaeddodd am Daf a Mwynwen, a phenderfynodd y rheiny, mewn sibrydiad rhwng y cynfasau, ei anwybyddu. Ymbalfalodd Justin yn ynfyd am switsh, cyn cofio nad oedd yna un. Wedi iddo frwydro â'r tywyllwch am rai eiliadau, daeth ei ddwylo ar draws yr ysgol.

Syrthiodd yn drwsgl i'w wely anghyfarwydd, a gwnaeth rywbeth na wnaethai ers amser maith. Cydiodd mewn clustog, ac wylodd fel babi blwydd, am chwarter awr.

Tân gwyllt

PETAWN I OND WEDI GWYBOD cymaint y byddwn yn dibynnu ar fy synhwyrau i ddwyn yr atgofion yn ôl. Cymaint y byddwn yn hiraethu am arogl tamp, tywyll y coridor hwnnw, cymaint y byddwn yn ysu am deimlad aderyn gwyllt yn fy nwylo ofnus, am flas caws gafr chwerw yn toddi'n fy ngheg, ac yn troi fy stumog. Gan hiraethu am glywed y synau aneglur yn dod dros y radio bob hyn a hyn, a gweld adaryddwr yn ymddangos, fel ysbryd, yn y ffenest. Petawn i ond wedi sylweddoli pwysigrwydd y pethau hynny ar y pryd, fel na fyddai'n rhaid i mi chwilio'n ofer amdanyn nhw'n awr, trwy gyfrwng geiriau, a chanfod y gofod yn wag, yn ailargraff poenus o'r hyn a fu.

Mi ro'n i wedi dechrau edrych ymlaen at y barbeciw. Hyd yn oed at fod yn rhan o'r rhaglen deledu. Gwelais Justin Bowen yn crwydro o gwmpas yr ynys. Rhywbeth mor affwysol o drist amdano, rywsut. Mae o yma i sgrifennu llyfr, meddai Cadi. Cafodd hi foddhad mawr wrth ddweud hynny wrtha i. Eisiau gwneud y pwynt bod yna ryw racsyn o newyddiadurwr yn gallu sgrifennu llyfr am yr ynys, rhywbeth perthnasol i'r ynys, tra doedd gen i ddim syniad beth ro'n i yno i'w sgrifennu. Dim syniad yn fy mhen bach.

Pawb yn dweud y dylwn fynd i siarad ag e. Cymharu nodiadau. Gweld yr hyn sydd ganddo i'w gynnig.

Y goelcerth wedi ei gosod ar y traeth anghywir. Gwynt

o'r gogledd yn bygwth chwythu'r parti'n farmor oer. Sioned yn tuchan wrth fynd ati i symud y pren, foncyff wrth foncyff, i'r traeth pellaf. Dic yn dod â'i dractor er mwyn ysgafnhau'r llwyth.

'Creu'r barbeciw ma nhw, er mwyn cael rhywbeth i'w ffilmio,' meddai Cadi yn ddig dros frechdan selsig wedyn, ''dan ni'm yn gneud pethe fel 'ma'n aml iawn.'

'Isho rhaglan ma nhw, 'de,' meddai Sioned, 'gad iddyn nhw. Ma nhw 'di talu am y bwyd a'r diod.'

'Pa blydi diod?' cwynodd Leri, 'dwy botel o coke, dwy botel o fodca, ac un botel o wisgi – rhwng pedwar deg! Hael iawn, o feddwl eu bod nhw'n siŵr o neud ffortiwn allan o'r rhaglen 'ma.'

Justin Bowen yn clywed tameidiau o'r sgwrs ar y gwynt. Minnau'n edrych arno am ennyd, ond nid yn rhy hir. Pam na ddaw e i ddweud rhywbeth wrthon ni? Mae 'na ddwy garfan o bobl enwog; y rheiny sy'n trio mor galed i ymddwyn fel eu bod nhw'n bobl 'normal' nes mynd ar nerfau pawb, a'r rheiny sy'n mynegi'n bendant iawn eu harwahanrwydd, eu rhagoriaeth, eu statws, nes eu bod nhw hefyd yn mynd ar nerfau pawb.

Siarad â Tomos, wedyn, ger y tân. Yntau'n gynnes ac yn agored, ond eto rhywbeth amdano'n rhyfedd o gaeëdig. Clywed mwy o hanes am y cloddio ar Gae Uchaf. 'Os wyt ti ishe sgrifennu am rywbeth, am hwnna ddylse fe fod,' meddai wrthyf. 'Dyna lle mae'r straeon go iawn – yn y pridd.' Cyfaddef am y tro cyntaf, wrth rywun, nad yw'r syniadau wedi cyniwair eto. Bod y ddalen wag yn fy nychryn yn ddyddiol.

Mae Justin Bowen wedi mynd i'w wely. Y dyn sain yn

cysgu ar y traeth, gyda phoer yn diferu o'i ên, a'r dyn camera
wedi ymuno â'r criw, yn un ohonon ni bellach. Y camera'n ôl
yn ei gês. Maen nhw wedi cael y golygfeydd roedd eu hangen
arnyn nhw er mwyn creu'r ddelwedd berffaith – yr ynyswyr
yn rhannu bwydydd o gwmpas y tân, Tomos a'i fenywod yn
mwynhau'r awyrgylch, y plant yn sgrechian chwerthin wrth
chwarae ac yn cael eu gwthio o fan i fan mewn whilber.
Dyma'r delweddau sy'n aros ar gamera, a gaiff eu darlledu
a'u hailddarlledu, eu dangos eto ac eto ar deledu fel y darlun
perffaith o'r harmoni ar yr ynys, o'r llonyddwch perffaith sy'n
ein nodweddu ni oll, nodweddu ein byd.

Ond nid felly roedd hi. Nid felly o gwbl.

Alaw oedd dechrau'r dadfeilio. Un ar ddeg ohonon ni – heb
gyfri'r plant ynghwsg mewn dwy whilber rydlyd – fi, Sioned
(Cadi wedi mynd i guddio, fel arfer, yn rhy fuan), Sinsir, Leri
(a oedd bellach, wedi sawl potel o win, yn eistedd yn agos agos
at ei gilydd, a'r ymatal rhag cyffwrdd rhwng dwy mor agos at
ei gilydd yn dweud y cyfan), Alwyn y dyn camera, Alys (ag
arni ofn gadael ymyl Alwyn am ennyd rhag ofn...), Tomos,
Dic ac Anni. Indeg yn dal i jyglo tân yn y pellter, yn batrymau
llachar ar hyd yr awyr. Gruff, y dyn sain, yn anymwybodol o
hyd, a'i draed eisoes yn cael eu goglais gan y tonnau. Y bore
bach yn swig o fodca rhyngon ni. Y botel yn mynd rownd a
rownd, o law i law, yn gynt ac yn gynt, wynebau'n llithro yn
y gwyll. Mae Tomos yn eistedd gyferbyn â mi. Dwi'n edrych
ar ei draed. Yn gweld y sgidiau yna sydd amdano'n rhyfedd
o fawr, ac yn rhyfeddu at y ffordd mae e ar dân eisiau cysgu
ond yn esgus nad oes raid iddo. Ac yna, ynghanol hyn i gyd,
mae Anni'n dechrau canu.

Rhyw sŵn isel, rhyfedd ydoedd i ddechrau. Ac yna'n lledaenu, ei hysgyfaint yn agor ac yn arllwys yr holl fyd dros y tawelwch, y nodau persain, clir, y llais yn gyhyrog gryf, yn rhywbeth na ddisgwyliai neb ei glywed yn dod o enau menyw a edrychai mor bitw. Y fodca'n powndio yn ein gwythiennau, a llais Anni'n codi uwch ein pennau, yn uwch ac yn uwch.

Ond yna digwyddodd rhywbeth. Trodd yr alaw roedd Anni yn ei chanu'n sur. Fe arafodd y curiadau a oedd yn dod o'i henaid. Arafu ac arafu, nes yr âi'r llais yn bellach ac yn bellach i ffwrdd. Ac yna dychwelyd drachefn, yn sŵn hunllefus. Crio enbyd, torri calon. Crio fel petai ei henaid yn arllwys ohoni, crio fel pe na bai dim ar ôl ynddi. Igian, igian. Crio, crio.

Ac fe ddigwyddodd rhywbeth rhyfedd iawn. Yn hytrach na chodi neu fynd oddi yno, neu gysuro Anni, fe aeth pob un ohonom yn gwbl fud. Roeddem, wedi'r cyfan, wedi cael ein cyfareddu gan lais Anni, cymaint nes ein bod bron heb sylwi mai sgrechian oedd hi bellach. Yr un rhythmau, yr un tueddiadau, yr un llais hyfryd yn dod trwy'r cyfan, er bod hwnnw bellach yn ddwfn o ddolurus. Doedd hi ddim, fel y bu funudau ynghynt, 'ar lan y môr', ond yn hytrach yn boddi yn y môr, ei cheg yn hallt, yn ofnus, yn ymladd wrth anadlu, i ymryddhau oddi wrth y cyfan.

Dic, yn eistedd yno am sbel, heb wneud y sylw lleiaf ohoni. Yn tynnu ar y sigarét denau, hirfaith sydd wedi cael ei phasio o gwmpas. Tynnu a thynnu. Bydd hi'n iawn.

Ond fydd hi ddim yn iawn. Mae hi'n dal i grio, a does neb yn dweud dim.

'Cheith hi ddim neud hyn i ni, Dic!' sgrechia Anni arno. 'Cheith hi ddim!'

Am bwy maen nhw'n sôn? Y gweddill yn edrych ar y cerrig, gan wrthod cwestiwn ynfyd fy llygaid.

Mwg y tân yn cordeddu'n ddistaw yn yr awyr. Wyneb Dic yn diflannu ac yn ymddangos. Mae e'n codi. Mae'r amser wedi dod.

Ond mae rhywbeth yn digwydd. Mae'r byd yn dadfeilio.

Wrth gerdded tuag ati, mae Dic, sydd wedi cael llawer mwy o'r botel fodca na neb arall, yn baglu dros y whilber, ac mae Telor, ei fab, yn syrthio allan ohono, gan ddechrau sgrechian crio.

Mae hynny'n deffro ei chwaer, Bel, a honno'n dechrau crio hefyd.

Cyn pen dim, mae'r crio yn ei anterth, y fam, y plant, a'r tad ar wastad eu cefnau yn y cerrig.

A'r criw yn dechrau gwasgaru. Sioned yn cydio yn Bel a Telor mewn modd na fedrwn i byth ei wneud, a dweud ei bod hi am fynd â nhw adre i Tŷ Bach. Sylwi'n sydyn fod Tomos wedi gadael yr eiliad y syrthiodd Telor o'r whilber. Does ganddo ddim amynedd at bethau fel hyn. Alwyn yn codi i fynd ac Alys yn gafael yn ei law, heb wahoddiad. Sinsir a Leri'n cerdded i'r cyfeiriad arall, i edrych ar y môr. Eto mor agos, ond heb gyffwrdd.

A minnau, minnau'n codi ar fy nhraed a sylweddoli mai fi sydd â'r botel fodca yn fy llaw. Fi sydd wedi ei hachub hi. Ac rwy'n codi ar fy nhraed. Yn gweld ishe Cadi, am unwaith, i'm hebrwng yn ôl at y goleudy. Rwy'n mynd a mynd, a dan fy anadl yn dweud wrthyf fy hun na ddes ar draws y fath bobl wallgo yn fy mywyd, ond efallai... efallai nad nhw sy'n wallgo ond mai fi sy'n fy nghael fy hun yn y math yma o sefyllfaoedd, dro ar ôl tro ar ôl tro.

Ac yna llais Dic, yn gweiddi arnaf. A minnau wedi pendroni droeon wedyn, pam, ynghanol digwyddiadau o'r fath, ei fod wedi teimlo'r rheidrwydd i weiddi:

'Paid â sgrifennu am hyn, da ti!'

Troi fy mhen, ac ysgwyd fy mhotel fodca ato.

Yn y bore, codi o'r gwely i edrych i lawr dros y bae, a gweld Justin Bowen a'i griw yno. Yn eistedd o flaen fflamau pitw'r tân, a'r rheiny ar ddiffodd. A dyma'r foment sy'n cael ei dal ar gamera.

Gweld, ymhellach eto, ffigwr ynysig yn aros am gwch cynta'r bore. Anni, gyda Bel fach ar ei hysgwydd, yn aros am gwch i'w chludo ymaith o'r hunllef am byth.

Archeoleg

DEFFRODD TOMOS wrth deimlo rhywbeth rhyfedd ar ei wyneb. Roedd y cyfan yn dywyll, yn oer, yn drewi o damprwydd. Agorodd ei lygaid ryw fymryn, a gweld rhywun yn cerdded heibio. Dyna pryd y sylweddolodd nad oedd e, mewn gwirionedd, yn ei lofft o gwbl. Roedd e'n cysgu ar y llwybr. Yn yr odyn galch. Ar ei wyneb roedd darn llaith o gramen y cerrig. Rhaid ei fod wedi estyn amdano er mwyn cynhesu. Gwenodd wrth nodi ei wrthryfel cyfrin, meddwol yn erbyn system ecolegol haearnaidd Cadi. Pe bai hithau wedi ei ddal yn rhwygo twffyn o'r gramen sanctaidd honno i ffwrdd mor ddi-hid, fe fyddai hi wedi ffonio Siôn a mynnu ei fod yn cael ei ddiarddel o'r ynys.

Gwelodd gysgod rhai'n mynd heibio. Sioned gyda Telor a Bela ar ei hysgwyddau. Meddyliodd alw arni, ond doedd e ddim eisiau ei dychryn. Ac felly cuddio yn y cysgodion a wnaeth, gan adael i'r gweddill basio. Heb fod arno eisiau dychryn neb, a heb fwriad yn y byd o weld yr hyn a welodd.

Alys a ddaeth nesa, yn rhedeg ar ôl y dyn camera, a'i llais yn glymau i gyd.

'Aros i fi, Alwyn!'

'Wy'n mynd ffor' hyn nawr. Wy'n aros yn y ffarm, t'wel.'

''Sdim rhaid i ti fynd 'nôl 'na, nag oes?' Eto, ei bol yn dod i'r golwg wrth iddi daflu ei breichiau o gwmpas ei wddf.

"Da fi waith i neud fory, cofia...'

'A finne... ond ma'n rhaid ymlacio...' Mae hi'n cau ei llygaid ac yn gwyro ei phen, ond mae Alwyn eisoes wedi cychwyn ar ei ffordd ar y llwybr.

'Ma 'na barti nos fory yn y goleudy! Parti gwisg ffansi!' gwaeddodd yn orffwyll ar ei ôl, 'Wela i di yno?'

Trodd Alwyn, a chwythu cusan ati. Bingo, gwelodd Alys yn meddwl, gan sgipio ymaith i fyny'r llwybr.

Yna, fe ddaeth dau gysgod arall heibio. Roedd Leri a Sinsir wedi cerdded ychydig yn arafach na'r lleill ar hyd y palmant arian. Roedd gwallt Leri'n chwifio'n gain yn y gwynt, a Sinsir bob hyn a hyn yn stopio ar y llwybr er mwyn tynnu sylw Leri at ryw flodyn neu'i gilydd. Roedd 'na rywbeth andwyol o hardd rhwng y ddwy, rhyw dynerwch cyfeillgar, brawychus, ond hefyd rhyw densiwn annifyr. Ciliodd Tomos yn reddfol i gilfachau'r odyn galch. Nid ysbïo oedd e, dywedodd wrtho ei hun. Nid ysbïo, ond digwydd gweld.

Sut medra fo wybod yr hyn roedd ar fin ei weld? Doedd y peth ddim wedi croesi ei feddwl. Roedd Sinsir wel, roedd Sinsir yn fenyw briod...

Leri'n stopio ar y llwybr, gan droi'n ôl ac edrych i gyfeiriad y goleudy. Sinsir yn stopio hefyd, ac yn sefyll yn agos, agos ati. Yna, llaw Sinsir yn dechrau anwesu cefn Leri. Leri'n edrych arni. Y geiriau'n llifo'n ôl ac ymlaen rhwng y ddwy, a'r ddwy mor welw dan y lloer. Y ddwy wefus yn cyfarfod. Y ddwy yn gwbl rydd, yn gadael i'w nwydau eu meddiannu, yn tynnu'i gilydd yn agosach, agosach, yn ymwthio, yn pellhau, yn caru. Y cyfan oll yn digwydd am nad oedd neb yno i'w gweld. Ond roedd e yno, ac roedd e wedi eu gweld.

Aeth y foment heibio, ac fe symudodd y ddwy oddi ar y llwybr. Arhosodd Tomos yn ei unfan, am ryw bedair munud ar ddeg, i wneud yn siŵr bod pawb wedi mynd go iawn. Yn y pellter, roedd e'n dal i glywed Bel yn sgrechian crio. Yna, gwelodd *hi*, yn dringo'r llwybr tuag at y goleudy, gyda'r botel fodca'n ysgwyd yn ei llaw. Gwenodd. Eisoes roedd e'n teimlo rhyw anwyldeb tuag ati, rhyw deimladau rhyfedd na feiddiai eu cydnabod go iawn. Roedd hi'n rhy ifanc, on'd oedd? Ugain mlynedd yn iau nag ef. Ac eto, ugain oed oedd yntau o ran ei ego, ac roedd hwnnw wedi caniatáu iddo feddwl, am ennyd, ei bod hi wedi edrych arno'n hir, hir, dros y tân y noson honno. Efallai'n wir mai ei ddychymyg oedd hynny, ffansi pur. Ond roedd yr atgof yn ei gynhesu, yn enwedig wrth eistedd mewn odyn galch am bedwar y bore, gyda'i ben-ôl yn oeri.

Plastig

Syniad Gruff oedd mynychu'r parti plastig yn y goleudy'r noson ganlynol. Doedd Justin ddim eisiau mynd o gwbl. Doedd e ddim hyd yn oed yn deall beth yn union oedd 'parti plastig'.

'Pawb yn gwisgo lan mewn bits o blastig 'myn,' dywedodd Alwyn wrtho, wrth i'r defaid redeg oddi wrthyn nhw.

'Ie, ond pam?' holodd Justin.

'Pam lai? 'Sdim byd lot arall 'da nhw neud 'ma, o's e? Bydd e'n sbort.'

'Lle ma dy blastig di 'te, Gruff?' gofynnodd Justin i'w ddyn sain gwelw.

'Ie, wel, dwi'n bod yn rebel – rwber wy'n gwisgo, mewn man dirgel,' meddai Gruff, gan wincio arno.

'Y mochyn,' ategodd Alwyn. ''Sda ti ddim *chance*, gwboi. *Fi* ma hi ishe, nage ti. Taset ti 'di gweld hi nithwr…'

''Smo fe'n deg bo ti'n cymryd mantes, 'mond achos bo fi 'di paso mas…'

Fel arfer, doedd gan Justin ddim syniad am be roedden nhw'n sôn. Tynnodd fag plastig o'i boced, a'i glymu am ei ben. Man a man iddo wneud ymdrech. Edrychodd y ddau arall ar ei gilydd a llyncu eu chwerthin wrth rannu sigarét.

Fe ddaeth un o'r gwirfoddolwyr – Alys – i'w cyfarfod wrth y

drws, a gwelodd Justin yn syth mai hon oedd y prif atyniad. Roedd Alys wedi cymryd y dasg blastig o ddifri, mewn modd a ganiatâi iddi ddangos dimensiynau ei chorff yn berffaith glir. Roedd hi wedi taenu haen denau o sach ludw ddu dros ei bronnau, a hynny'n dynn, dynn, i'w dal yn eu lle. Roedd ei bol, a'i liw haul gogoneddus, yn noeth, ac ychydig islaw hwnnw roedd hi wedi creu sgert dynn, fer o sach finiau, werdd. Roedd y cyfanwaith yn edrych fel rhywbeth a gâi ei fodelu adeg wythnos ffasiwn Llundain. Roedd ei llygaid yn boeth ac yn ddi-siâp, fel plastig wedi toddi.

Wrth i lygaid Gruff ac Alwyn fynd i sawl cyfeiriad, bu'n rhaid iddo yntau dorri'r tawelwch â'i eiriau dryslyd ei hun.

'Justin Bowen,' meddai, gan ysgwyd ei llaw yn ffurfiol. 'Gobeithio gwneith hwn y tro,' meddai, gan bwyntio at ei ben.

Ddywedodd hi ddim byd, dim ond cerdded oddi wrth y drws ac i lawr y coridor hir, er mwyn i'r tri ohonyn nhw weld siâp ei phen ôl twt yn siffrwd tu hwnt i'r haen blastig.

Roedd ar hyd yn oed Justin awydd rhwygo'r plastig oddi arni â'i ddannedd.

Treuliodd Justin y rhan fwyaf o'r noson yn sefyll yng nghornel y gegin fechan ar ei ben ei hun. Roedd y cyfan yn rhy ddeinamig, yn rhy 'ifanc' iddo ef ymuno â'r hwyl. Mwgyn yn cael ei basio o'r naill i'r llall, jôc yn cael ei rhannu rhwng hwn a'r llall ac arall, a'r canu a'r chwerthin yn gyfeiliant i bob un weithred. Roedd gwylio'r gêm rhwng y tri drwy'r nos yn dipyn o ddifyrrwch. Gruff yn pasio pob mwgyn melys yn gyntaf at Alys, dim ots ymhle roedd hi yn yr ystafell. Honno wedyn yn cerdded at Alwyn, creu ogof o gwmpas ei geg gyda'i dwylo, cyn chwythu'r mwg o'i hysgyfaint hi i mewn i'w un ef. Yntau'n pesychu, wedyn, ac yn rhedeg allan cyn chwydu. Alys yn pwdu ac yn nesáu at Gruff eto. Alwyn yn dod yn ôl rhyw ddeng munud yn ddiweddarach, a'i wyneb yn wyrdd, ac Alys yn ei weld yn fwy deniadol fyth, am ryw reswm. Roedd hi'n amhosib dyfalu pa ffordd yr âi pethau, yn y diwedd.

Roedd hi'n anodd deall pwy oedd yn byw ymhle yn y tai 'ma. Pobl yn mynd a dod, cerdded i mewn ac allan fel y mynnen nhw. Hi, yr awdur preswyl – honno roedd Lucinda wedi mynnu bod yn rhaid iddo wneud cyfweliad â hi – oedd un o'r trigolion. Roedd hi'n eistedd ar ben y bwrdd, yn dweud fawr ddim, ac yn gwylio'r gweddill yn ddwys, yn union fel roedd e'n ei wneud, ac eisoes wrthi'n troi digwyddiadau'n baragraffau a'r byrfyfyrdodau'n frawddegau. Teimlai fel petai bron mewn cystadleuaeth â hi – pwy fyddai'n llwyddo i ddal naws y noson hon orau, tybed? Pwy fyddai'n gallu trosglwyddo gwir deimlad rhyfedd y gegin las hon yn llawn mwg, y canhwyllau'n syrthio dros bob man, arogl plastig yn llosgi, a siffrwd serch rhwng bagiau plastig?

Teimlai'n sydyn-sicr mai fe, Justin Bowen, oedd yn berchen ar y meddwl praffaf o'r ddau ohonyn nhw. Fe fyddai'n dal naws y noson, nid y hi – ei lyfr e fyddai'r math fyddai'n gwerthu. Roedd e'n enwog, i ddechrau. Roedd pawb yn gwybod ei bod hi'n haws gwerthu llyfrau pan oeddech chi eisoes yn enw adnabyddus, y math o enw sy'n cael ei yngan ar ôl newyddion chwech a'i adleisiau'n ymestyn dros frecwast.

Roedd hi a'r archeolegydd yn sgwrsio'n ddwys â'i gilydd erbyn hyn. Roedd e wedi gwisgo i fyny fel lleian-bag-biniau, a hithau wedi gosod pot hwmws plastig ar ei phen, gyda darn o raff. Oedolion yn eu hoed a'u hamser, wir, ochneidiodd Justin, wrth droi ei ben oddi wrth y ffars.

Yna, dechreuodd deimlo'n gystadleuol. Roedd e wedi'i gweld, ar ei gliniau yn y pridd yng Nghae Uchaf droeon bellach, yn helpu gyda'r cloddio. Beth oedd hi'n 'i neud yno byth a hefyd? Doedd e ddim yn licio meddwl ei bod hi'n dod i ddeall rhywbeth am archeoleg yr ynys na fedrai ef ei ddeall – roedd hi'r un mor bwysig ei fod yntau'n dod i ddeall yr agweddau hynny.

Edrychodd eto ar y ddau, gan sylwi'n graffach arnyn nhw y tro hwn. Doedden nhw ddim yn trafod archeoleg, wedi'r cyfan. Roedden nhw'n trafod llyfrau. Ac yn edrych ar ei gilydd mewn rhyw ffordd ryfedd, a'u pennau'n agos. Gwelodd y cynhesrwydd yn llifo o'r naill i'r llall.

Sylweddolodd yn sydyn iawn, gyda thipyn o ryddhad, ei bod hi mewn cariad. Doedd ganddi ddim gobaith, felly, o ennill y gystadleuaeth – yr un roedd e wedi ei gosod iddi, yn y fan a'r lle. Dim gobaith caneri. Y cyfan fyddai'r profiad i rywun mewn cariad fyddai cyfres o ddigwyddiadau na fyddai'n ddiddorol i neb ond iddi hi. Fe fyddai hi'n methu dal naws y peth, felly, fel y byddai e'n sicr o'i wneud.

A cheisiodd ei orau i beidio â chael ei ddychryn gan dristwch y peth – y ffaith na fyddai e'n cynhyrchu'r un math o waith â hi am nad oedd e mewn cariad, wedi'r cyfan, erbyn hyn.

Cafodd ei siomi'n llwyr ynddi hi. Doedd hynny ddim yn broffesiynol. Yn ôl yr hyn roedd e wedi'i glywed doedd hi ddim wedi sgrifennu dim byd o werth beth bynnag. Ambell erthygl, ffilm fer, stori feicro – roedd e wedi gwneud mwy na hynny! Pwdodd wrthi, heb yn wybod iddi. A phenderfynodd na fyddai'n siarad â hi, nac yn gofyn ei chaniatâd am gyfweliad, er bod hwnnw ar y rhestr o eitemau roedd eisoes wedi ei thaflu i'r môr. Doedd e ddim eisiau rhyw awdur, dan ddylanwad gwamal cariad, yn siarad am waith roedd e'n gwybod y medrai e ei gwblhau'n llawer gwell.

Aeth y stafell yn rhy fyglyd iddo, ac fe fu'n rhaid iddo gamu tu allan am ennyd. Aeth i sefyll wrth droed y goleudy, a mwynhau'r tes oren, hufennaidd a ddisgynnai dros bob dim. O'r fan hon, doedd y parti'n ddim ond rhyw sŵn trwy ffenest, rhyw gyfres o gysgodion, a sylwai ei fod e gymaint yn hapusach yn sefyll tu allan i bethau, gan dderbyn pethau ar ei delerau ei hun, fel yr hoffai ef eu derbyn. Edrychodd i fyny i'r awyr. Mil o sêr. Cyffro distaw o olau, ac arogl rhyfedd y nos yn ei feddwi.

Teimlai lonyddwch perffaith. Un eiliad ysbrydol, wen.

Ac fe ddinistriwyd hynny'n sydyn iawn wrth iddo droi ei olygon i lawr at y creigiau a gweld pen-ôl gwyn Gruff yn symud yn ôl ac ymlaen, a sŵn merch yn griddfan oddi tano.

Cychod

Y BORE WEDI'R PARTI. Fy nghlustog yn llawn plastig. Yr haul yn meddiannu'r stafell, am i mi anghofio cau'r llenni. Mentro agor un llygad ofnus. Gweld siâp dyn yn y gwely sbâr. Cau fy llygaid eto, gan ysu i'r ddelwedd ddiflannu. Gorchudd y gwely'n dadfeilio, ac wyneb Tomos yn dod i'r golwg. Gwên yn ymwthio trwy farf. Trio gwthio geiriau i'r gofod, ond ni ddaw gair. Tywys fy nghof tyllog yn ôl. Cofio rhywun yn fy nghario i'r gwely, fy ngosod i lawr. Rhywun yn rhoi cusan mam ar fy nhalcen, ond honno'n un arw, rathiog, nid fel ceg fy mam o gwbl. Rhywun yn diffodd y lamp nwy, a'r düwch yn cau amdanaf.

Sŵn gorchudd yn cael ei rwygo oddi ar y gwely yn yr ystafell drws nesaf. 'O na... Cadi? Cadi!' Sioned yn guriadau ar hyd y coridor, yna'n gnoc hegar, deuddeg-folt. 'Ma'r blydi cwch 'ma'n barod! Tyd!' Drws fy ystafell yn cael ei wthio ar agor. Sioned wrthi'n gwisgo wrth siarad â mi. 'Ti'n iawn? Dwi'n teimlo'n *awful*. Yli, dwi'n mynd adre am 'chydig heddiw, wsti. Dwi angan nôl cwpwl o betha, a ma Mam 'di colli 'nabod arna i, medda hi.' Mae hi'n gwthio'i thraed i'w hesgidiau styfnig. 'Ma Cadi'n mynd hefyd. Ma hi angan ffotocopïo neu rwbath, os fedrith hi ddeffro mewn pryd, 'de. Fyddi di'n iawn ar dy ben dy hun, byddi? Cadi? Cadi!'

Nodio fy mhen a dal fy ngwynt wrth aros iddi weld y siâp tan orchudd y gwely sbâr. 'Be sgynnon ni'n fa'ma, 'ta?' Y gorchudd yn cael ei dynnu'n ôl a Tomos yn ei chyfarch. Hithau'n rhwbio'i farf yn ysgafn ac yn gwneud hwyl am ei ben. 'Hen ddyn fath â chdi'n methu cerdded 'nôl mor bell ar dy ben dy hun, ma'n siŵr.' Ac yna allan â hi. Heb weld dim o'i le. A'm calon yn glymau drachefn. Doeddwn i ddim eisiau iddi feddwl... ac eto, am nad yw hi'n meddwl, am nad yw'r meddylfryd hyd yn oed yn tycio, mae hynny'n waeth byth, rywsut.

Sgrech yn swnio o enau Sioned. Yna bloedd. 'Be uffar...?' Chwerthin gwyllt a di-rwystr yn arllwys dros y coridor, yn boddi'r glannau, nes taro fy nrws ar agor drachefn. 'Yli be ffeindish i!' ebe Sioned, gan dynnu Indeg a'i thwtw porffor i'r golwg. 'Dan 'y ngwely i, yn cysgu... ti'm yn gall, hogan!' Indeg ag ynni'r nos yn ei llygaid o hyd, ac ochrau ei mwclis plastig bellach wedi llosgi. Mae hi'n sylwi ar ei brawd mawr yn y gwely – 'Tomos!' – fy nghalon yn troelli'n gynt ac yn gynt ac yn gynt. Tybed a fydd ei chwaer yn gallu gweld yr hyn na all Sioned ei weld, y bwriadau duon yn ei lygaid priddlyd? Neidiodd ar ei ben yn y gwely, a goglais ei draed. Ei hystumiau'n arafu, cyn ei gofleidio. 'Tomi, Tomi bach,' meddai, a'i gusanu. Yntau'n cochi, a'i gwthio oddi arno, wrth sylweddoli'n sydyn 'mod i'n gwylio'r deinameg rhwng y ddau, yn ymgolli yn y direidi cynnes.

'Wy'n mynd adre heddi, Tomi,' ebychai, heb edrych arna i o gwbl. 'Ma Mam yn iawn, ti'n gwbod. Ma ishe i fi sorto'n hunan mas. Yr hira dwi'n aros fan hyn, y mwya dw-lal wy'n mynd, wir. A wel, o'n i fawr o help 'da'r cloddio, nag o'n? Ma Cadi'n gallu mynd â fi i'r orsaf. Paid â poeni amdana i, Tomi bach.'

Ac allan â hi, ei ffarwel yn fflach o shiffon mewn drws.

Sylweddoli'n sydyn fod yna eiliad beryglus yn agosáu. Eiliad lle bydd y drws ffrynt yn cau, a'r bwthyn yn ddistaw a neb yma ond ni'n dau, yn syllu ar y nenfwd. Fel petaen ni'n dau wedi sylweddoli hynny'n union ar yr un adeg, rydyn ni'n codi o'n gwelyau ac yn gwisgo, gan geisio ein gorau i beidio ag edrych ar ein gilydd. Gan synhwyro, wrth fod mor agos, ambell fflach o gnawd yn cropian i gil y llygaid. Meddwl eto am ystum ddi-hid Sioned wrth gamu allan trwy'r drws. Yn gweld dim am nad oedd dim yno i'w weld, o bosib. Ond wedyn dwi'n cofio am lygaid oer Indeg, a'r ffaith iddi osgoi edrych arna i.

Y Cafn yn llawn gweithgaredd. Justin Bowen a'i griw ar y Lanfa, a'r lleisiau'n codi'n donnau blin o'u cwmpas. Y dyn camera a'r dyn sain yn ysgwyd eu pennau, ac yn camu i'r cwch wrth i'r llongwr fytheirio. Justin yn gwrthod camu i mewn, yn gwrthod mynd. Croesi ei freichiau'n styfnig a dweud nad ydi o'n mynd i unman, nad yw e am ddychwelyd i'r ddinas. Daf a Mwynwen, sy wedi cael llond bol ar orfod lletya'r bobl-teli, yn edrych ar ei gilydd yn bryderus, wrth feddwl am orfod rhoi llety iddo am nosweithiau di-ben-draw. Sinsir a Leri'n edrych ar ei gilydd wedyn, a sylweddoli mai dyma'n union maen nhw'n ei wneud, yn ddyddiol, wrth wrthod camu i mewn i'r cwch. Indeg yw'r olaf i neidio i'w grombil.

Justin yn gwthio heibio imi'n swrth wrth adael y Lanfa, heb fy nghydnabod. Ryn ni'n dal heb yngan gair wrth ein gilydd. Minnau'n dal ei lygaid am ennyd ond yntau'n taflu edrychiad, fel pe bai'n ysgwyd ei siaced gŵyr wedi'r glaw. Mae e'n cerdded oddi yno, yn ôl at Tŷ Pellaf. Gwraig y fferm yn ysgwyd ei phen wrth ei wylio'n mynd. Darllen y myfyrdodau yn ei meddwl blin. Fe gaiff lety am heno – ond wedyn bydd yn rhaid iddo fynd.

Chwifio ffarwel ac ymladd y temtasiwn o gerdded i ben draw'r ynys gyda Tomos. Yntau'n dweud bod angen rhagor o help gyda'r cloddio, ond mae gen i waith twrio fy hun i'w wneud, esboniaf. Cloddio pethau i'r golwg mae e'n ei wneud yn ei ben ef o'r ynys, ac mae arnaf innau eisiau gwthio ambell beth yn ôl i'r pridd drachefn. Ffarwelio ag e wrth y Cafn a cherdded yn ôl at y bwthyn. Gyda'r ddwy arall wedi mynd, mae'n rhaid i mi fanteisio ar y gofod. I deimlo'r unigedd, ac i wneud yr hyn y dois yma i wneud – sgrifennu. Dwi'n cofio meddwl, y diwrnod i mi gyrraedd, ei bod hi'n beth da fy mod i ym mhendraw'r ynys, y cawn lonydd i sgrifennu. Y cawn ddewis pryd yn union i fod yn gymdeithasol, neu pryd yn union i fod yn ddieithr.

Gwneud te. Rhythu allan trwy'r ffenest wrth i'r nwy gynhesu'r dŵr. Mynd i'r stafell oer a thanio'r cyfrifiadur. Y batri'n isel. Ychydig oriau sydd gen i. Prin oriau cyn i 'nychymyg ddiffodd gyda'r sgrîn, cyn i 'mhen ddechrau troi gyda'r syniadau gwirion sy'n fy meddiannu.

Teipio rhyw fyfyrdodau dibwys, cyn rhoi'r gore iddi. Gorwedd yn ôl ar y gwely, a meddwl, drachefn, am y syndod a deimlais wrth ddeffro a gweld ei gorff e yn y gwely gyferbyn â mi. Gwthio'r ddelwedd o'r meddwl er mwyn gwneud lle i un arall. Meddwl am y dyn heb wyneb, a'i gledrau'n gynnes arnaf. Mae e'n dod i ymweld â mi fory. Dyna'r prif reswm pam mae'n rhaid imi gael llonydd heno, er mwyn rhoi trefn ar fy meddyliau, ar fy nghalon. Llwyddais i'w ddarbwyllo rhag gwneud hyd yma – gwneud rhyw esgusodion tila bod y tywydd ar droi – ond does dim modd i mi ddadlau hynny heddiw. Mae'r awyr yn berffaith, ysgafn-las, a'r haf yn wyrdd ac yn euraid o'n cwmpas. Y defaid yn diogi yn y caeau, a'r morloi ar eu cefnau yng ngwres y prynhawn.

Pam, felly, ar noson berffaith fel hon, rwyf i'n syllu'n ddwfn i'r wybren goch a phorffor ac yn ysu am weld yr awyr yn pylu'n ddim? Gweld y lliwiau'n syrthio, un wrth un oddi ar y nenfwd, hyd nes bod yna gymylau duon, hyll, yn lledu dros bob man, hyd nes bod nenfwd yr haf yn graciau i gyd, a'r cymylau'n gwgu? A chan ysu am deimlo'r awel leiaf yn lledu drosof, digon i awgrymu y gallai 'na wynt godi erbyn fory, gan gynhyrfu'r swnt yn ei fedd tywyll. Gweddïo am dywydd garw yr wyf heno, fel y gall y dyfroedd ynof barhau'n wastad a llonydd.

Gan wybod, os daw cwch fory, y bydd y stori wedi newid yn llwyr.

Trai

Anni

F E DDAETH ANNI'N ÔL, a hynny'n gynt na'r disgwyl. Un
o'r diwrnodau heb awel oedd hi, ac fe ddaeth ar y cwch
cyntaf, gan gamu 'nôl ar y lanfa gyda Bel yn ei breichiau, a
honno'n gweiddi am ei thad. Eisteddai rhwng dau ddieithryn.
Ymwelwyr am y dydd oeddent, tybiodd, er eu bod ill dau'n
edrych fymryn yn wahanol i'r ymwelwyr arferol. Roedd y
naill yn ddynes ifanc, broffesiynol-yr-olwg, mewn siwt dywyll
a sodlau uchel, a'r llall yn ddyn ifanc, golygus, mewn jîns
tynn a chrys lliwgar, a chanddo focs llawn o fwyd a diod ar
ei lin – jin, hwmws, pitas, rocet, olewydd du – ond heb fag
na sach gysgu'n agos ato.

Fe fyddai'r hen Anni wedi sgwrsio â nhw, wedi
mwynhau toddi'r tawelwch â'i thafod, a chael busnesu ymysg
bwriadau'r ddau. Ond nid heddiw. Heddiw roedd yn rhaid
iddi ganolbwyntio ar y gorchwyl a'i hwynebai. Syllu'n syth
o'i blaen, heb dorri gair a heb edrych yn ôl, yn union fel y
dywedodd Siôn wrthi am wneud.

Am unwaith, cadwodd y llongwr blin ei feddyliau duon
iddo ef ei hun. Roedd Anni'n gwybod ei fod wedi clywed
am y noson honno ar y traeth, am yr 'hysteria' honedig a'r
diawlineb oedd wedi llifo ohoni, yn afon chwerw o fodca ac
atgofion. Ac yn hytrach na'i gwawdio, fel a wnâi gydag ambell
un o'r lleill wedi iddyn nhw wneud rhywbeth gwirion yn eu
diod, roedd wedi meddalu tuag ati, wedi chwarae gyda Bel yn

ystod y siwrne er mwyn iddi gael seibiant. Bron fel petai e'n deall. Roedd wedi synhwyro rhyw gadernid newydd ynddi hefyd, yn y modd y gwthiai ei sbectol oddi ar ei thrwyn yn benderfynol gadarn, sythu ei chefn main, a gadael i'w gwallt, a fyddai fel arfer wedi'i glymu'n ôl yn dwt, i chwipio'n rhydd fel tywod mewn storm.

Nid er mwyn cael ei gwynt ati yr aeth Anni oddi ar yr ynys, ond er mwyn hogi ei chyllyll. Er mwyn paratoi at y frwydr, heb fod yng ngŵydd y gelyn. Ac er iddi ddringo i freichiau'i gŵr a chodi ei mab bychan i'w breichiau gan weld y llenni'n cynhyrfu unwaith yn rhagor, doedd hynny ddim yn ddigon i wneud iddi wanhau yn y fan a'r lle, fel y gwnaethai lawer gwaith cyn hynny.

Dwi'n barod amdanat ti'r tro 'ma, meddyliodd Anni.

Pan gnociodd Anni ar ddrws Llofft Plas roedd y cryndod hwnnw – yr un a fu yno yn ei chrombil ers misoedd bellach – wedi lleddfu. Roedd Siôn, rheolwr yr ynys, wedi gwneud iddi weld mai'r cyfan roedd angen iddi'i wneud oedd bod yn rhesymol. Doedd hi ddim yn siŵr pam na feddyliodd hi am hynny cyn hyn, ond yn sydyn ddigon roedd hi wedi deall beth oedd angen iddi ei wneud. Wynebu ei hofnau, wynebu ei gelyn pennaf. A deall pam roedd hi'n elyn yn y lle cyntaf.

'Does na'm byd gwaeth na ffraeo hefo dy deulu,' dywedodd Siôn wrthi, dros frechdan. 'Ond 'sna'm ffordd haws o ddatrys y peth na chofio'ch bod chi'n deulu, chwaith.'

'Os wyt ti 'di dod i hefru am y cachu ci…' ochneidiodd Bela.

'Dwi'm 'di dod i hefru, Bela. Dwi ishio i ni drafod hyn.

Ma'r ynys ma'n ddigon mawr i'r ddwy ohonon ni. 'Dach chi 'di anghofio pam ddo'th Dic a fi ma yn y lle cynta?'

Agorodd Bela ei drws, a chamodd Anni i mewn i Lofft Plas am y tro cyntaf ers blwyddyn.

Roedd pethau wedi dechrau'n dda. Derbyn te gwyrdd a llowcio cacen ffrwythau. Mwytho pen du sgleiniog Elfyn y ci a maddau ei ran yn y ddadl deuluol. Edrych ar gyfres o hen luniau, Anni ac Iestyn yn blant, yn dawnsio ym mreichiau'i gilydd yn y parlwr cefn. Hel atgofion am symlrwydd gwelltog y dyddiau cynnar, sôn am gymeriadau'r pentref lle daeth Anni i'r byd. Gwylio prysurdeb y Cafn gyda'i gilydd yn ddistaw bach, wrth i'r geiriau haearnaidd a fu rhyngddyn nhw rolio i'r corneli. Roedd y cyfan mor hawdd. Ond rhy hawdd, yn y pen draw.

Mynegodd Bela y byddai hi'n fwy na pharod i gymodi, pe câi hi ei statws yn ôl fel warden. Chwarddodd Anni, nes tasgu ychydig o'i the gwyrdd dros law Bela. 'Ond doeddech chi erioed yn meddwl…' Caeodd Bela ddrws y pantri'n flin pan glywodd Anni'n dweud y byddai hi'n fwy na bodlon gadael i Bela *gasglu*'r gwair (wedi i Alys ei dorri – y sarhad!) ond fe fyddai'n rhaid iddi hi a Dic barhau i'w ddosbarthu i'r tai fel compost. Safodd Anni ar ei thraed drachefn (synnodd ei bod wedi derbyn y gwahoddiad i eistedd, a'i gadael ei hun yn agored i gael ei chlwyfo unwaith yn rhagor) pan ddywedodd Bela'n blwmp ac yn blaen y dylid rhannu'r ynys yn ddwy ran – ac na fyddai hawl ganddi hi, Dic, nac unrhyw aelod arall o'r teulu, fynd heibio i'w thŷ o hyn ymlaen heb ofyn am ganiatâd.

Gollyngodd Bela ei llwy de pan glywodd Anni'n dweud yn

sbeitlyd os dylai rhywun gyfaddawdu, yna mai hi Bela, ddylai wneud. Doedd ganddi hi ddim teulu i'w gynnal nac i boeni yn ei gylch, arthiodd Anni – roedd ei gŵr wedi ei gadael, ei mab da-i-ddim yn y carchar – doedd ganddi neb, dim ond y bali ci, a hwnnw'n dda i ddim ond i gachu ar eiddo pobl eraill, ac i gynhesu rhwng ei choesau yn y gaeaf.

Cyn pen dim, roedd Anni'n dychryn y Drycin Manaw gyda'i chamau bras wrth gerdded yn ôl i fyny'r llwybr, er mawr siom i griw o adaryddwyr a fu'n llechu mewn distawrwydd pur am dair awr mewn gwylfa adar cyfagos, yn y gobaith o gael cipolwg ar yr aderyn rhyfeddol hwn.

'Dyna ni rŵan, Dic,' meddai Anni, gan ddechrau lluchio tuniau i focsys, 'dyma'r diwedd, ti'n gwbod. Ma hi 'di difetha pob dim i ni. O'n i mor benderfynol 'swn i ddim yn ildio. Ond mi neith les i ni. Neith les i ni fynd o 'ma… i mi beidio â bod yn wallgo fel hyn. Ma'n rhaid i ni rŵan… wrth ystyried… yr amgylchiadau newydd ma…'

Roedd gan Dic flas cas yn ei geg. Roedd e newydd orffen gwneud cosynnau caws gafr, ac wedi trio gwneud un blas pupur du. Roedd yna flas od arno. Alys wedi bod yn dychryn y geifr eto, ma'n siŵr. Roeddech chi'n gallu blasu'r ofn.

Ar drai

GWYDDAI YR EILIAD Y'I GWELODD fod rhywbeth wedi
newid, wedi cilio. Yr holl amser y bu'n ei dofi hi, yn
ceisio peidio â'i dychryn – y cyfan wedi mynd, ei phen
wedi troi gyda'r gwynt, a'r môr wedi halltu'r tynerwch.
Rhwyfodd ei gwch i'r lan, a chario llond ei law o nwyddau
moethus iddi – jin, hwmws, pitas, rocet, olewydd du – ei
ffefrynnau, a chan feddwl amdani'n llawenhau wrth eu
derbyn, ei gusanu o flaen pawb. Yntau'n gynhaliwr iddi,
am y tro cyntaf erioed, yn arwr a oedd wedi teithio dros
ddyfroedd peryglus er mwyn ei chyrraedd. Ond er iddi
fynnu mor beryglus oedd y swnt, mor anodd y byddai iddo
deithio yno, llithrodd y cwch yn llyfn, llyfn dros y dŵr, fel
petaen nhw'n hollti drwy hufen. Cododd ychydig yn rhy
gyflym wrth ei gweld ar y lanfa, a tharo yn erbyn y ferch
ifanc mewn sodlau uchel wrth ei ymyl. 'Sori,' meddai, ond
eisoes roedd hi'n rhy hwyr, a honno'n syllu arno trwy'r
staen *champagne-pink* ar ei hamrant.

Dyna lle'r oedd hi. Doedd e erioed wedi ei gweld hi mewn
coch o'r blaen. Rhyw liw herfeiddiol, pwrpasol, bron iddo
deimlo na châi gyffwrdd ynddi. Pa gymhelliad oedd ganddi
i wisgo'r lliw ymosodol hwnnw wrth ddod i gwrdd ag e'r
bore hwnnw? Roedd yna rywbeth am y crys yn gwneud iddo
anghofio am y cnawd gwyn oddi tano. Rhywbeth annaturiol

am weld ei fysedd ei hun yn anwesu ei gwasg, wrth iddo gael ei dywys at ei chartref newydd ym mwthyn y goleudy.

Roedd rhyw arogl rhyfedd arni hefyd. Fe'i harogleuodd yn ei gwallt – rhywbeth myglyd, ond nid fel y mwg yr arogleuodd arni o'r blaen, nid fel y sigarennau tenau yna roedd hi'n eu smocio. Roedd e'n hoffi hynny. Ond na, arogl mwg go iawn. Tân. Ie, dyna ni. Fel petai'r lliw ei hun wedi cynnau ei chorff, fel petai rhywbeth bygythiol yn tywallt ohoni. Ond ddywedodd e ddim byd. Hi fynnodd ddweud wrtho iddi gynnau tân y bore hwnnw. Fel petai'r ffaith yn arwyddocaol iddi rywsut. Doedd hi ddim yn arwyddocaol iddo ef – er, fedrai e ddim peidio â theimlo ei fod e'n camddehongli pob un eiliad o'r diwrnod. Beth roedd hi wedi'i wneud? Llosgi rhyw focsys cardbord yng ngwaelod rhyw gae na wyddai ddim amdano. Ac eto roedd hi'n meddwl bod y manylyn hynny'n bwysig i'w rannu gydag e. Fel petai hi'n gwneud pwynt bod eu bywydau nhw bellach ar wahân. *Fe alla i losgi pethe, a chei di 'mond arogli'r mwg.*

Ac eto, buan roedd y crys coch hwnnw ar lawr a buan roedd e'n gorwedd wrth ei hymyl, yn gwbl noeth, a'r llenni oren ar gau, gan arllwys golau cynnes dros eu cyrff blinedig. Sylwodd ei bod hi wedi cau'r llenni ymhell cyn iddo ddod i'r stafell, ymhell cyn i'r cwch gyrraedd o bosib. Pam y gwnaeth hi hynny? Fe'i dychmygodd yn tin-droi o gwmpas y stafell, yn aros amdano. Yn symud ymlaen yn araf ac yn cau'r llenni roedd hi wedi eu hagor rai oriau ynghynt, gan fethu wynebu'r diwrnod, na'i ymweliad, o bosib.

Neu ai'r cyffro o ddisgwyl amdano a wnaeth iddi wneud? Gwybod y byddai hi'n mwynhau'r diosg fymryn yn fwy petai hi'n gwbl rydd, heb boeni am ymyrraeth rhyw adaryddwr brwd, neu ryw ymwelydd busneslyd wrth y ffenest?

Roedd ei ymweliad yn un byr – yn rhy fyr iddo allu darllen ei lygaid. Ai dychmygu'r peth a wnaeth e, iddo weld rhyw fymryn o ryddhad ynddynt pan ddywedodd wrthi fod y cwch yn gadael am ddau? Dim o'r tynerwch hwnnw a fu ar Uwchmynydd, ond rhyw or-sentimentaleiddiwch afreal, rhyw afael mymryn-yn-rhy-dynn yn ei fraich? Y teimlad od hwnnw oedd ganddo – er iddi ei gusanu a'i garu'r diwrnod hwnnw – nad hi oedd yno, go iawn. Nid yr *hi* a adwaenai, beth bynnag, pwy bynnag oedd honno bellach. Yr un roedd e ar fin ei darganfod cyn iddi ei adael er mwyn dod i'r ynys. *Ma pawb yn gorffen gyda'u cariadon ar Ynys Enlli.* Dywedodd rhywun hynny wrtho ddeuddydd wedi iddi fynd yno. Ac roedd e wedi chwerthin. Mor sicr ohono'i hunan, cymaint mewn cariad, mor hyderus – fe chwarddodd e. Ac roedd y chwarddiad hwnnw'n dringo'n uwch o hyd yng nghefn ei gydwybod, fel sgrech afiach.

Wrth i'r cwch ddechrau symud oddi yno, fe'i gwyliodd. Yn fychan ac yn gochlyd ar y lan, yn chwifio. Ac yna'n troi i siarad â rhywun. Jyst fel'na. Yn troi i siarad â rhywun, ac yn chwerthin am rywbeth neu'i gilydd. Gwyddai e, petai e'n troi ei ben y mymryn lleiaf i wynebu unrhyw un arall ar y cwch, y buasai e'n crio. Yn beichio crio. Ond roedd hi'n gallu symud o'r naill beth i'r llall yn gwbl ddidrafferth, a'i wyneb eisoes yn troi'n atgof iddi. A'r diwrnod hwnnw, yn fwy na thebyg, yn troi'n stori ddiddim, yn cyd-blethu â hanesion lliwgar y lleill.

Y noson honno, cafodd freuddwyd. Ei bod hi wedi torri ei galon – yn llythrennol. Iddi ymestyn ei dwylo i'w fynwes, tynnu ei galon oddi yno, a'i dal yn ei dwylo gan chwerthin. Chwerthin a chwerthin, gyda mwg yn dod o'i dannedd.

Pan ffoniodd hi, ddwy noson yn ddiweddarach, dywedodd wrthi am y freuddwyd.

Chwarddodd hi ddim bryd hynny. Ai ei chlywed yn chwerthin oedd ei ddymuniad? Y sŵn puraf oll. Petai hi wedi chwerthin yr adeg honno, fe fyddai wedi maddau'r cyfan iddi. Y cochni. Y mwg. Y caru gordanbaid, fel petai hi'n cuddio rhywbeth.

Ond chwarddodd hi ddim, a'r cochni'n tywallt ohoni; yn arwydd o liw ei lygaid am ddyddiau wedyn.

Lucinda

Roedd gan Lucinda gant a mil o bethau gwell i'w gwneud na hwylio allan i Enlli. I ddechrau, roedd hi'n flin am nad oedden nhw wedi caniatáu iddi fynd yn syth yno o Gaerdydd mewn hofrennydd – *we can't waste any more resources on this bloody programme,* cariad – a'i bod wedi gorfod gyrru bob cam i Aberdaron ar ei phen ei hun, dim ond i gael ei thrin fel baw gan ryw longwr a oedd yn meddwl ei fod e'n gwybod y cyfan. Gwrthododd hwnnw ei chario i'r cwch, fel y gofynnodd yn daer iddo – i arbed ei sodlau uchel, lledr-gwyrddlas – ac fe fu'n rhaid iddi gamu i'r môr yn ei theits er mwyn ei gyrraedd, a rheiny'n deits drud hefyd. Diolch byth am un dyn ifanc, golygus, a eisteddai wrth ei hochr gan wenu'n wan arni bob hyn a hyn. Cododd ei chalon ryw fymryn wrth siarad ag e, tan iddi sylweddoli ei fod yn mynd i ymweld â'i gariad. Toddodd ei gobeithion yn ddisymwth. A beth bynnag, roedd e'n gorfod dychwelyd y diwrnod hwnnw, am fod yna si bod y tywydd ar droi, medde fe, er na chlywodd hi mo hynny o gwbl.

Byddai hynny'n goron ar bob dim. Bod yn styc ar ynys gyda Justin Bowen, a hwnnw'n mynd off 'i ben. Byddai'n rhaid iddi ei argyhoeddi i adael heddiw, felly doedd ganddi ddim dewis. Dechreuodd daenu haen denau o finlliw ar hyd ei gwefus. Wrth godi i adael, trawodd y dyn ifanc wrth ei hymyl yn ei herbyn, ac fe donnodd y minlliw dros ei hamrant.

Doedd Justin ddim wrth y Cafn i'w chyfarfod, er gwaetha'r ffaith iddi adael degau o negeseuon ar ei ffôn.

'Justin, *get your things ready love*, fi'n dod i nôl ti.' Ac yna'n dynerach, heb fedru ymladd y rhannau meddal ohoni a godai i'r wyneb bob hyn a hyn yn ddirybudd. 'Newn ni sorto fe mas ti'n gwbod, *we'll sort it out*.'

Ers i Gruff ac Alwyn ddychwelyd i Gaerdydd a'u hwynebau'n welw, gwyddai fod yna rywbeth mawr wedi mynd o'i le. Gruff oedd yr un anystywallt fel arfer. Ni fyddai neb wedi synnu petai Gruff wedi penderfynu peidio â dod yn ôl ar y cwch, a'i fod e wedi cwympo i'r môr a boddi; o leiaf fe fyddai hynny'n un ffordd o gael ei wared. Ond Justin? Justin Bowen wedi fflipio? Doedd y peth yn gwneud fawr o synnwyr. Llosg haul wedi troi'i ben, siŵr o fod, meddai'r uwch-gynhyrchydd, wrth fflicio trwy'r tâp fideo.

Ac roedd hithau wedi aros ymlaen yn ei swyddfa'r noson honno i weld a oedd modd gweld rhywbeth arall yn y tapie. Ac oedd, mi oedd rhywbeth arall i'w weld yno, wrth graffu'n nes ac yn nes – sef bod llygaid Justin wedi gwacáu rywsut. Doedd e ddim yn edrych i mewn i lygad y camera, yn cyfathrebu gyda'r camera, yn ei ffordd boblogaidd, broffesiynol, ddihafal ei hun. Erbyn hyn edrychai trwy'r camera, dros ben y camera, fel petai rhan ohono wedi'i golli am byth. '*He's only gone and had a nervous breakdown, Clive*,' meddai hithau wrth yr uwch-gynhyrchydd, a oedd erbyn hyn yn chwyrnu yn ei sedd tu ôl iddi.

Penderfynwyd y byddai'n rhaid i rywun fynd i nôl Justin. Roedd yn rhaid i'r llyfr fynd i'r wasg ymhen y mis, gan fod slot wedi'i bennu ar gyfer y darlledu, ac roedd yn rhaid glynu at y cynllun gwreiddiol. '*We have to turn it around*,' meddai

Clive, *'nervous breakdown or not.'*

A dyma lle'r oedd hi, Lucinda Price, yn sefyll yn y Cafn a phobl yn edrych arni fel petai hi wedi dod o blaned arall. *'Bloody hicks,'* sibrydodd dan ei hanadl, gan symud yn reddfol tuag at lwybr a edrychai fel petai'n arwain i rywle. Clywodd y tractor yn cael ei symud ychydig fodfeddi tuag ati. Gwrthododd edrych i fyny – roedd hi'n pwdu, am iddyn nhw edrych mor wirion arni funudau ynghynt. Ond fe ddaeth llais gyrrwr y tractor ati trwy'r gwynt, llais addfwyn, tyner, heb fetel rhydlyd ynddo o gwbl.

'Chwilio am Justin 'da chi?' meddai, gan wenu.

'Ie,' meddai, a'i chalon yn neidio am nad oedd hi'n teimlo mor amddifad rhagor. ''Ych chi'n gwbod lle ma fe?'

'Gin i ryw syniad, neidia ar y cefn.'

Ar y cefn? Ar ei gefn o? Gwelodd y ffermwr yr hyn oedd yn ei meddwl a chwarddodd yn uchel.

'Ar gefn y trelar, del.'

Wrth gwrs. Gwnaeth Lucinda ymdrech i wneud hynny'n syth er mwyn cuddio ei hanwybodaeth, gan weddïo y byddai rhuo'r injan rywsut yn cuddio cochni ei gruddiau. Doedd hi ddim wedi sylweddoli y byddai pethau mor gyntefig â hyn, chwaith. Oni ddylai fod ganddyn nhw rai o'r ceir bach chwim yna – rhywbeth yn debyg i'r hyn a welsai ar gwrs golff? Doedd hi ddim wedi bod ar dractor ers, ers... wel, doedd dim angen meddwl am hynny, nag oedd?

Wrth i'r tractor symud oddi yno, edrychodd yn ôl i lawr at y Cafn a gweld yr ynys yn ei gogoniant. Y goleudy'n hollti trwy'r awyr, y môr yn pefrio a'r aer yn gynnes. Y gwair yn wincio'n euraid arni. Popeth mor wahanol i'r ddinas lwyd, a'i fflat-un-ffenest. Ond cofiodd yn sydyn ei bod hi yma i achub y rhaglen, ac i achub ei chroen ei hun, nid i gael ei swyno gan y lle. A chyda hynny, gorfododd ei hun i ganolbwyntio ar ddim ond y llwch oedd yn codi o'r llawr dan olwynion y tractor.

Pan gyrhaeddodd y fferm, roedd yn rhaid wynebu hunllef arall. Anifeiliaid. Un peth oedd bod yn berchen ar gath o'r enw Camus mewn fflat yn Pontcanna, peth arall oedd cael haid o wyddau gwyllt yn clwcian o gwmpas ei thraed hi, a moch yn ei thaclo o'r chwith. Neidiodd y ci amdani hefyd, gan lafoerio dros ei siwt Armani. Chwarddodd gwraig y fferm a'i phlant – hi oedd y creadur rhyfedd yn eu llygaid nhw.

'Na'th o ada'l yn gynnar bora 'ma,' meddai Mwynwen, y wraig fferm, wrth geisio rheoli'r ci. 'Wedi mynd fyny i Ogof Elgar ar y mynydd mae o, dwi'n meddwl. Dyna lle mae o'n treulio'r rhan fwya o'i amsar ar y funud.'

Roedd y ffarmwr yn hapus; roedd e o leiaf wedi cwblhau ei ddyletswydd trwy ddangos iddi lle'r oedd ei fferm. Doedd e ddim am dreulio gweddill ei brynhawn yn edrych ar ei hôl, a theimlai Lucinda ar goll ar glamp o fynydd. Dim ond rhyw amcan a gafodd lle'n union oedd yr ogof yma – *hanner ffordd i fyny, dros ben y wal gerrig. Gwylia rhag cael dy ddal gan y Warden yn cerdded ar y waliau, achos ma hynny yn erbyn y rheolau. Chwilia am smotyn bach gwyn, a fyddi di yno* – dyna'r unig wybodaeth a'i gyrrodd ymlaen. Sut oedd rhywun i fod i wybod pryd roedd y mynydd yn cyrraedd ei gopa? pendronodd. Nid mynydd go iawn oedd hwn. Lwmpyn ydoedd iddi hi, mwy o lwmpyn nag o fynydd. Mwy o lwmpyn na Justin Bowen.

Roedd ei thraed yn gwaedu. Dylai fod wedi gofyn a gâi

fenthyg pâr o esgidiau gan wraig y fferm. Ond doedd ond angen un cipolwg ar esgidiau trwm, llwyd y wraig honno i wybod na fyddai ganddi'r lliw angenrheidiol i gyd-fynd â'i siwt Armani. Rhygnu ymlaen amdani, felly, gan obeithio y byddai coch tywyll y gwaed yn gweddu'n berffaith i'r stribedi duon yn ei siwt.

Ogof Elgar. Yn ôl gwraig y ffarmwr, doedd neb yn siŵr iawn pwy oedd Elgar. Roedd rhyw si ei fod yn gaethwas i griw o fôr-ladron yn y ddeuddegfed ganrif ac iddo gael ei orfodi i ddienyddio eu gelynion. 'Fedri di ddychmygu hynny?' gofynnodd y wraig iddi, er nad oedd Lucinda'n cymryd fawr o sylw. Roedd hi'n dechrau meddwl y byddai'n rhaid dienyddio Justin, pe bai hi'n llwyddo i ddod o hyd iddo.

'Paid â bod mor naïf, Mwynwen, mae hi'n gallu gneud dipyn mwy na dychmygu'r peth! Dyna ma newyddiadurwyr yn 'i neud bob dydd, yndê?' oedd sylw ei gŵr.

Roedd Justin Bowen bellach yn ymweld ag Ogof Elgar yn ddyddiol. Roedd e'n teimlo rhyw agosatrwydd arbennig rhyngddo ef ac Elgar, dywedai – at y sant-ddienyddiwr hwn, a oedd wedi encilio i'r ynys er mwyn dianc rhag ei swyddogaeth filain, ddiegwyddor.

He's losing the plot then, sylweddolodd Lucinda, wrth i gefn pen Justin ddod i'r amlwg tu ôl i graig wen.

Cododd ei ben ryw fymryn a dweud ei henw. Y fath stad oedd arno! Ei wyneb, a fu unwaith yn onglog o brydferth, bellach wedi ei amgylchynu â'r farf fwyaf blêr a welsai erioed. Ei wyneb wedi llosgi yn yr haul, nes pylu'r ochrau. Eisteddodd i lawr wrth ei ymyl.

'Justin…'

'O'n i'n gobeithio mai ti fydde'n dod…'

'O'dd dim dewis 'da fi. Just… ma rhaglen 'da ni i neud, cofio…'

'O ie. Shwd allen i anghofio… a finne'n meddwl am funed…'

'Sori os dwi'n swnio'n galed 'da ti wrth weud hyn ond… ma rhaid i ti dynnu dy hunan at 'i gilydd. Ma *HQ* yn mynd yn *nuts*.'

Dechreuodd Justin rwbio'i farf. Roedd e'n hoffi codi'i law bob bore i deimlo'r tyfiant, i deimlo sicrwydd ei wrywdod yn ei ddwylo.

'Ti'n lico fe?'

'Justin…'

'O'n i'n meddwl bo ti'n lico dynion â barf. 'Na pam dyfes i fe… ma'n talu i impreso'r bos, medden nhw.'

''Sneb yn *impressed* 'da'r *stunt* 'ma, Justin – ma nhw'n *seriously pissed off* 'nôl yng Nghaerdydd. Ma 'da ni amserlen, Justin…'

'Ond fan hyn ma'r rhaglen, Luce! O'n cwmpas ni. Hon *yw*'r rhaglen. 'Wy ddim ishe neud rhaglen am bob ynys dan haul, cyffredinoli fel 'na. Ar yr un ynys '*ma*. Dyna lle ma'r stori. 'Wy wedi darganfod fy hun, Luce.'

Edrychodd Lucinda allan dros y môr gwyrdd o'u cwmpas. Roedd hi'n ddiwrnod gwirioneddol fendigedig. Teimlodd fflach sydyn o'r perffeithrwydd hwnnw a welsai Justin a chael ei themtio, am ennyd, i ddweud wrtho ei bod yn ei ddeall, ei bod hi'n gweld yr harddwch a'r llonyddwch fel roedd e'n ei weld.

Ond yn sydyn iawn, roedd hi'n clywed llais yr

uwch-gynhyrchydd yn ei chlust, a'r *autocue*'n fflachio'n fygythiol o'i blaen.

'Justin! *Like I said*, ma angen i ti stopo'r dwli 'ma. Ni'n mynd i fynd getre heddi. Ti'n mynd i siafo'r farf *ridiculous* 'na bant. Ti'n mynd i fynd 'nôl getre at Saskia... *Don't start now, right...*'

'Dyw Saskia'n poeni dim. Heb ateb un neges ers... ers...'

'Justin, ma hyn yn...'

''Sa i'n mynd 'nôl!'

A chyda hynny, ciciodd ei eiriau'n gawod o gerrig i'r awyr.

''Wy 'di bod yn sgrifennu,' meddai, rai munudau wedi i'w dymer dawelu. ''Drych.'

Agorodd ei fag a thynnu llyfr allan ohono. Llyfr nodiadau coch, clawr lledr, yn llawn llawysgrifen flêr, tudalennau a thudalennau ohono. Sgetshys o bobl. Sgetshys o'r goleudy.

'Gwd,' meddai Lucinda, gan benderfynu ar yr un foment ddefnyddio ychydig o'r ddiplomyddiaeth newyddiadurol a oedd ganddi'n weddill. 'Dyna'n union roedden ni eisiau i ti ei wneud. Bydd y llyfr mas yr un pryd â'r rhaglen. Ti heb anghofio 'ny wyt ti? *We've picked the cover shot already.* Llun ohonot ti'n edrych yn *hollol gorgeous*, yn dal yn sownd mewn rhaff – un o'r *stills* yw e. *A bit sunburnt maybe*, ond *gorgeous all the same...*'

'Na!' meddai'n flin, gan godi ar ei draed drachefn. ''Sa i 'di bod yn sgrifennu rhyw dipyn llyfr i gyd-fynd gyda rhyw dipyn rhaglen! 'Wy 'di bod yn sgrifennu go iawn, tro 'ma...'

O God don't start this again, meddyliodd Lucinda, gan gofio sgwrs feddw ar bwys y peiriant ffacs yn ystod rhyw barti Nadolig. Bryd hynny, roedd hi wedi annog ei uchelgais llenyddol, meddwl ei fod yn atyniadol hyd yn oed. Erbyn hyn, serch hynny, roedd hi'n synhwyro'r gorffwylledd yn ei lais.

'Ma 'na bethau... pethau ma'n rhaid i bobl wybod am yr ynys 'ma...' meddai wrth bwyso'n ôl yn erbyn Ogof Elgar.

'Oes, Justin *cariad, that's why we're making the book...* a beth bynnag, *there's already a writer-in-residence here...* ddylet ti ddim damsgen ar 'i phatshyn hi...'

'Hi sy'n damsgen ar 'y mhatshyn i!' meddai'n bwdlyd. 'Sgwennith hi ddim byd o werth.'

'Gest ti gyfweliad 'da hi?'

'Naddo...'

'Ond nes i ofyn i ti...*it was on the itinerary, Justin!...* yr un 'nest ti dwlu i'r môr... Paid â trio gwadu'r peth, *Alwyn told me. If Gruff told me I wouldn't have believed it...*'

'Ie, wel, 'sdim pwynt cael hi ar y rhaglen o's e? 'Yn stori *i* yw hon...'

'Nage, Justin, stori'r *cwmni* yw hi, *you're just a puppet, darling...*'

'Nadw!' meddai eto yn ei hwyneb, 'ti ddim yn deall. 'Wy ddim yn sôn am y swnt na'r seintiau na'r goleudy na'r fflipin Drycin Manaw, 'wy'n sôn am y pethe sy'n digwydd 'ma... y pethe sydd wastad wedi digwydd 'ma – pobl yn twyllo'i gilydd, yn brifo'i gilydd, yn bwlio'i gilydd... y ffordd ma rhai ohonyn nhw'n edrych ar 'i gilydd – dyna'r pethe sy'n neud yr ynys 'ma'n unigryw. Ma 'na bethe'n digwydd 'ma... dyw'r camerâu ddim yn mynd i allu eu gweld. Y pethe 'newn nhw ddim gadael i ni weld… ma fe i gyd mewn fan hyn – yn fy llyfr i…'

'Justin, 'se'n i ishe astudiaeth o ba mor *shit* yw bywyd gallen i 'di dy hala di rownd Caerdydd…'

'Lucinda… edrych arna i… beth fi'n gweud yw… ma angen chwalu'r ystrydebau am y lle 'ma. Dychmyga'r trailer… Justin Bowen yn ymchwilio… yr elfen ddynol ar yr ynys… yn siarad 'da'r bobl ambutu be ma nhw'n 'i deimlo go iawn… nage beth ma nhw'n teimlo *dylen nhw* ddweud… ond y stori go iawn…'

Gorffwysodd Lucinda ei phen yn ei dwylo. Edrychodd Justin ar ei gwallt du, unionsyth, yn syrthio'n stribedi sidanaidd dros ei hysgwydd. Dwi'n dy garu di, Lucinda – dyna roedd arno eisiau ei ddweud, er nad oedd hynny'n gwbl wir. Roedd e'n ymwybodol, serch hynny, wrth iddo ysgrifennu am ei berthynas oeraidd â Saskia, na fyddai ei briodas aneffeithiol yn debygol o gynnal diddordeb ei ddarllenwyr. A doedd perthynas felly ddim yn nodweddu'r ynys chwaith – roedd pobl naill ai'n ddwl mewn cariad, neu'n casáu ei gilydd – ac yn y ddau achos roedd yna angerdd, roedd yna dân. Roedd angen rhywbeth arno, ac ar ei stori – *love interest* – duwies fel Lucinda Price i ymddangos ar yr ynys o nunlle, ac i syrthio mewn cariad ag e.

'Justin, gwranda nawr, *listen to me babes… the shots are done… Caldey, Skomer, and them lot are all wrapped up…* a ma digon o shots 'da ni o fan hyn … Ni'n mynd i gael y rhaglen 'ma'n barod cyn y Nadolig *and do all the press stuff we have to* – a ti'n mynd i ddod 'nôl 'da fi i Gaerdydd fory. Iawn?'

Cyn iddo golli gafael ar ei weledigaethau praff, rhoddodd glamp o gusan iddi ar ei gwefus.

'Justin!' sgrechodd Lucinda, cyn rhoi slap hegar iddo ar draws ei wyneb, codi ar ei thraed, a hercian o'r golwg.

Y diawl bach! meddyliodd Lucinda, ar ei ffordd yn ôl i'r fferm. Roedd yn rhaid iddi ffonio Clive – *he tried to kiss me, Clive*, clywodd y geiriau yn ei phen gan ymarfer y frawddeg, *he's losing it.*

Roedd y gusan yn dal i gosi. Doedd e ddim wedi bod yn gwbl wrthun, chwaith, ond ei bod hi'n casáu'r ffaith iddo drio ei chusanu yn y fath stad, ar adeg yn ei fywyd lle doedd ganddo ddim byd ar ôl, dim byd i'w golli.

Oedd, roedd e'n bendant yn mynd o'i go' os mynnodd ei chusanu hi, o bawb.

Pan ddychwelodd i'r fferm roedd wynebau'r ddau yn Nhŷ Pellaf yn gymylau duon.

'Be sy?' gofynnodd.

''Da ni newydd gael neges dros y radio,' arthiodd y ffermwr, 'fydd 'na'm cwch fory.'

Safodd Lucinda yn ei hunfan. Diwrnod arall ar yr ynys? Ond roedd ganddyn nhw amserlen. Rhaglen i'w chwblhau.

'Ond ma'n rhaid i ni fynd o 'ma fory...' ategodd Lucinda.

'Wel, fedrwch chi ddim 'wan, na fedrwch? A 'da ni'n styc hefo fo, Justin... a rŵan chi, mae'n ymddangos...' gwgodd.

'Gad hi, Daf,' meddai'r wraig, 'fedran ni ymdopi am un noson fach arall siŵr iawn...'

'Dwy noson!'

'Ia, wel, dwy 'ta…'

'Ond fedrwn ni'm aros yma am *ddwy* noson arall!' Y panic yn ei llais. 'Ma'r peth yn… *impossible*… 'ryn ni *way behind schedule as it is*…' Edrychodd allan trwy'r ffenest ar y noson ifanc a oedd wrthi'n blaguro. Y nenfwd yn haenau tenau o binc a phorffor, wrth i'r melyn ar y gorwel doddi'n araf i'r llun. 'Rhyfedd… 'smo 'ddi'n edrych fel storm.'

''Da chi bobl teledu'n dallt dim, wir!' meddai'r ffermwr, gyda hwyliau da'r prynhawn wedi hen ddiflannu.

'Be mae o'n drio ddeud,' ychwanegodd ei wraig, 'ydy nad oes angen storm i rwystro'r cwch. Mae o i gyd yn y gwynt, 'li. Alle hi fod y diwrnod brafia erioed ond os 'di'r dillad ar y lein yn chwythu ffor 'na…' pwyntiodd i'r dwyrain, 'yna 'se'n beryg bywyd croesi'r swnt.'

Edrychodd Lucinda trwy'r ffenest drachefn. Trwy'r gwydr clir gwelodd goban binc y wraig fferm yn ffluwchio ar y lein, yn llenwi â gwynt, yna'n llipa drachefn, yn ennill a cholli ei siâp, fel pe bai ysbryd yn ei gwisgo bob hyn a hyn. Wedi rhai eiliadau, fe'i cipiwyd yn llwyr gan y gwynt, gan lanio ar wyneb un o'r moch a gwneud iddo wichian.

Daeth chwa o awyr oer trwy'r tŷ wrth i'r wraig fferm fynd allan i dawelu'r mochyn.

I'm bloody stuck here, sylweddolodd Lucinda, wrth gau'r drws.

Dringodd Lucinda i ochr ddwyreiniol yr ynys tan iddi weld barrau bach o obaith yn goleuo ar ei ffôn. Deialodd.

'Clive, *it's Lucinda*,' ebychodd, ei cheg yn llenwi'n sydyn gyda golau'r lloer.

'Ti 'nôl?' Ei eiriau'n finiog.

'Nagw, *not exactly.*' Tynnodd anadl arall, '*we're stuck, Clive.* 'Sdim cwch fory.'

Clywodd sŵn pensil yn cael ei dorri yn ei hanner.

'*Lucinda, darling...* 'sdim ishe i fi weud wrthot ti pa mor bwysig yw cael rhaglen fel 'ma mas ar amser...*I can't give you more time!* Ma ishe i Justin fod 'nôl fan hyn bore fory i neud y *voiceovers,* neu bydd y ddou ohonoch chi mas o job...'

'Clive... *listen now...*' dyfeisiodd rhyw gryndod yn ei llais yn sydyn iawn, er effaith. 'Ma 'na ateb rhwydd iawn i'r broblem, on'd o's e?'

Saib.

'Allwn ni ddim fforddio blydi *helicopter,* Lucinda!'

'Ie ond Clive, do's dim ffordd arall...'

'Alla i roi dou ddiwrnod i ti, Lucinda, ac os nag 'yt ti 'nôl fan hyn gyda'r *crackpot hack* 'na erbyn 'ny, bydd dy stwff di i gyd mewn bocs yn *reception.*'

Roedd Clive wedi mynd. Syllodd Lucinda yn ôl lawr at fferm Tŷ Pellaf. Roedd y ffenestri'n gloywi gyda chynhesrwydd teuluol, y wraig a'i gŵr yn eistedd wrth fwrdd y gegin yn bwyta'u swper, a'r plant yn yr ystafell drws nesa'n chwarae gêm fwrdd yng ngolau cannwyll. Roedd 'na rywbeth am y cynhesrwydd a'r symlrwydd hynny a oedd yn apelio ati, ac a oedd yn dwyn atgofion yn ôl o ryw gyfnod roedd hi wedi mynnu ei gladdu yn rhywle yn nyfnderoedd ei hisymwybod.

Ond doedd yr atgofion hynny ddim allan o gyrraedd, chwaith, wrth iddi sylweddoli nad oedd yn rhaid i foethusrwydd olygu stafell westy gyda jacuzzi a gwely dŵr, ond y gallai rhywun deimlo'n foethus, yn gyfoethog, wrth swatio i mewn ar noson fel hon, tra tu allan roedd yr haf yn hudo'r hydref.

Yna, ysgydwodd y meddylfryd hwn o'i hymennydd yn sydyn. Gorau po gyntaf y câi fynd yn ôl i Gaerdydd, meddyliodd.

Roedd hi'n dechrau troi'n od yn barod.

Llosgi'r Stori

Y BORE HWNNW bûm i wrthi'n llosgi. Gwylio Cadi'n ei wneud roeddwn i fel arfer, gan edmygu ei dygnwch diwên. Ar adegau felly fe fydden ni'n dwy'n siarad go iawn, a'r tân yn cynnau oddi mewn yn ogystal ag allan. Fe fyddai hi'n parhau i rwgnach, wrth gwrs, yn ei modd dihafal ei hun. Llosgi unrhyw gynigion arbennig roedd Sioned wedi'u casglu oddi ar boteli coca-cola a phethau felly – fel ffurflen gais cystadleuaeth i ennill pâr o docynnau i ryw gêm bêl-droed ryngwladol. 'Ma 'na ddwy flynadd tan hynny – pwy sy i ddeud y bydda i'n dal yn fyw?' Minnau'n chwerthin a hithau'n maddau, a cheisio sychu ei gwên ar ei llewys.

Teimlo fel Cadi roeddwn i'r bore hwnnw – teimlo y byddai hithau'n falch ohona i – wrth gasglu'r sbwriel fesul bocs gwin, a'u llenwi hwythau â'r papurach sy'n flerwch rownd y bwthyn; darnau o adroddiad ecolegol Cadi a'r cerddi gwael sydd ar eu hanner. *Be ti 'di bod yn sgrifennu ta?* Dyna fydd o'n gofyn i mi, a'r frawddeg honno'n gysylltiedig â hen edliw'r frawddeg *neith o les i chdi.* Dyna pam mae'n rhaid i mi losgi'r cyfan a sgrifennais hyd yn hyn – y cerddi gwan am archeoleg, y stori fer dryloyw am Cleona a Dominic (hithau'n ferch ifanc styfnig ac yntau'n ddyn yn ei bedwardegau, a'r naratif yn cael ei yrru gan wendid), a'r straeon meicro am ddyn rhyfedd â'i ben yn y pridd. Dileu, dileu, dileu. Gwylio'r fflamau'n eu llyncu'n gyfan, gweld fy ngwendid yn pylu, yn troi'n ddu, yna'n llwyd, yn tagu ac yn marw. Ac yna gwneud yr hyn dwi wedi gweld Cadi yn ei wneud droeon. Dod o hyd i frigyn hir o rywle a phrocio'r tân. Ei brocio a'i bryfocio er mwyn gwneud iddo losgi'n gynt ac yn gynt ac yn gynt.

Mae'r cyfan wedi mynd bellach. Wedi ei losgi'n ddim. Ac os yw wedi ei losgi, ac nad yw'n bod, fydd dim rhaid i mi ddweud celwydd. Dwi eisoes wedi dechrau sgrifennu stori arall erbyn hyn. Wedi dechrau astudio'r creadur rhyfedd o newyddiadurwr sy'n cuddio ar y mynydd. Mae'n rhaid i mi osgoi sgrifennu amdana i fy hun, a'm dryswch carwriaethol, rhag diflasu'r darllenwyr. Canolbwyntio ar rywun arall yn gyfan gwbl, rhywun nad wyf yn ei garu na'i adnabod, er mwyn rhoi ychydig o gic 'nôl yn y stori. Er mwyn darganfod fy nychymyg unwaith yn rhagor.

Hwylio

'Fydd hi'n ddiwrnod da i hwylio fory,' meddai gwraig y ffarmwr, wrth wthio plataid llawn o facwn, wyau a thomatos o flaen trwynau Lucinda a Justin y bore wedyn, a chan wincio'n gyfrwys ar Lucinda.

Syllodd Lucinda ar ei phlât. Doedd hi ddim wedi bwyta unrhyw beth fel hyn ers dros ddegawd. Dim ers iddi fod yn fyfyrwraig ddi-hid mewn trywsus melfaréd, yn browd-ddigon o'r bloneg gwyn yn hongian dros ei belt, a hwnnw'n dyblu fesul peint. Suddodd ei chyllell i'r melynwy, a mwynhau gweld yr olygfa seimllyd yn agor o'i blaen.

'Odi, diwrnod neis i ti groesi 'nôl,' meddai Justin, a oedd yn dal i wrthod wynebu'r ffaith y byddai'n rhaid iddo yntau, hefyd, adael. ''Neith e mo dy ladd di ti'n gwbod,' ategodd, gan bwyntio at y brecwast.

Mi wna i dy ladd di yn y funed, mêt, meddai llygaid y ffermwr o gornel yr ystafell.

Roedd Justin Bowen yn mynd i adael yr ynys yfory a dyna ddiwedd arni, meddyliodd Lucinda. Stwffiodd y bacwn i'w cheg, a dathlu ei flas hallt ar ei thafod.

Pam lai? Fe fyddai angen nerth o rywle, wedi'r cyfan.

Newydd ddychwelyd i'r fferm oedd Justin, gan iddo gysgu yn Ogof Elgar y noson honno. Yn rhannol am nad oedd arno eisiau mynd ar ôl Lucinda, wedi iddo wneud y fath ffŵl ohono ef ei hun. Ac fe ddaeth hi i'r glaw. Damia hi, meddyliodd. Roedd wedi bod yma cyhyd heb i'r un diferyn o law gyffwrdd â'i ben ac roedd hithau wedi mynnu dod a difetha'r cyfan. Ond roedd y glaw yn gydnaws â'i deimladau llaith, isel ei hun amdani erbyn hyn, bron fel petai e wedi ysgrifennu'r glaw i mewn i'w stori, meddyliodd. Lle'r oedd hi nawr, tybed? Yn ei stafell ef yn y fferm, yn fwy na thebyg. Cynhyrfodd wrth feddwl amdani'n cysgu yn ei wely, a'i phersawr yn rhwbio yn erbyn ei glustog.

Gadawodd Lucinda iddo gredu iddi hi fod yn y fferm trwy gydol y nos, hefyd. Doedd hi ddim am iddo wybod lle y bu go iawn, am y byddai wedi gweld yr holl beth fel ymyrraeth, fel petai hi'n tanseilio'i waith (ac mi roedd yn rhaid i rywun wneud hynny). Roedd ganddi'r *hand-held* yn ei bag, ac roedd yn rhaid iddyn nhw wneud yr hyn y bu Justin Bowen mor gyndyn o'i wneud, sef siarad â'r awdur preswyl.

Felly, yn gwisgo welingtons gore'r wraig fferm, a chyda lamp nwy yn ei llaw, fe ddechreuodd Lucinda Price ei siwrne tua'r goleudy.

'Ga i'ch helpu chi?' meddai'r ferch benfelen, ifanc yr olwg wrth y drws.

'Lucinda Price, newyddiadurwraig... yma gyda Justin Bowen... wyddoch chi amdano?'

Gwenodd y ferch.

'Oes 'na rywbeth yn ddoniol?'

'Na, dim o gwbl, jyst... mae o, wel *o ddiddordeb* i fi...'

'Dwi'n siŵr ei fod e o ddiddordeb i bawb, *the way he's*

been acting. Wel, bydd e mas o'ch gwalltie chi gyd cyn bo hir. Byddwn ni'n gadel ar y cwch nesa…'

'Na!' Edrychodd y ferch fel petai wedi ei dychryn. 'Allith e ddim mynd!'

'Pam?' Craffodd Lucinda arni. Doedd bosib ei bod hi'n ffansïo'r lwmpyn?

'All e ddim mynd… neu… fydd gen i ddim byd i sgrifennu amdano. Fe yw 'nhestun i.'

Dros botelaid o gwrw melyn, esboniodd yr awdur wrth Lucinda sut y bu hi'n ei wylio, heb yn wybod iddo. Meddwl ei fod yn ddiddorol, yn hudol hyd yn oed. Yn gweld bod ganddo broblemau, ond roedd e wedi dechrau dod i nodweddu'r ynys iddi. Yn enghraifft o'r modd roedd gan ynys fel hon y pŵer i newid pobl, dinistrio pobl, gwneud i bobl weld ei gilydd mewn ffyrdd gwahanol i'r arfer.

'Achos yr holl ramantu 'ma…' meddai'r awdures, fel petai hi'n darllen o lyfr nodiadau Justin Bowen, 'dyw e ddim yn gwneud lles i'r ynys. Fiw i neb feddwl mai ynys yn llawn seintiau yw hi. Ynys o eneidiau coll yw hi. Ac mae Justin yn symbol o hynny, hyd yn oed os na welith e hynny ei hun.'

'Ie, ond pam sgrifennu am Justin?'

'Dwi ishe rhywbeth sy'n mynd i werthu. Ma 'na sawl ffordd o sgrifennu'r stori ma, on'd o's? 'Nes i feddwl gynta falle fydden i'n sgrifennu rhyw naratif breuddwydiol – ti'n gwbod, y ferch unig yn ffarwelio â'i chariad ac yn dod i fyw mewn llonyddwch, ac yna'n cwrdd â'r holl bobl wahanol 'ma ac yn troi bach yn od… neu'n dechrau syrthio mewn cariad â rhywun arall, hyd yn oed… ond rhywsut, dyw e ddim yn ddigon… mae angen bywyd Justin arna i hefyd, er mwyn gwneud yr holl beth yn fwy, wel yn fwy *accessible*, ti'n gwbod? Damo – o't ti'n gwbod nad oes 'na gyfieithiad digonol i *accessible* yn y Gymraeg? Mae Bruce yn ei gyfieithu fel "hygyrch" – sy'n swnio fel anifail rheibus, neu "ar gael i bawb" sy ddim yn swnio cweit yr un mor effeithiol rywsut…'

You're telling the wrong person, love, meddyliodd Lucinda.

''Wy'n dal ddim yn deall. Pam Justin?'

'Sa i'n gwbod. Am 'i fod e'n digwydd bod 'ma. Am 'mod i 'di gweld rhywbeth ynddo fe. A ma fe'n caniatáu i fi roi mwy o strwythur i'r peth. Newid y stori o fod yn rhywbeth barddonol, gwamal, gwan… fel 'yn holl stwff arall i… i mewn i'r math o stori bydde pobl yn mwynhau ei darllen, llyfr alle ennill gwobr hyd yn oed…'

'Ti'n mynd i ddefnyddio bywyd dyn arall er mwyn ennill gwobr i ti dy hun?'

Gwenodd Lucinda. Clywodd lais y ffarmwr yn ategu'r sylw – onid dyna oedd newyddiadurwyr yn ei wneud yn ddyddiol?

Ar y ffordd 'nôl i'r fferm y noson honno, roedd rhywbeth wedi cydio yn Lucinda. Y sylweddoliad bod rhyw ronyn o wirionedd yn yr hyn roedd Justin yn ei ddweud. Roedd pobl *yn* trin ei gilydd yn wahanol yma. Roedden nhw'n fwy rhydd i wneud yr hyn roedden nhw am ei wneud, ac roedd hynny, mewn ffordd, yn faen tramgwydd. Roedd cymdogion yn rhoi'r gorau i gelu eu hanniddigrwydd, roedden nhw'n dweud wrth ei gilydd beth oedd beth, yn blwmp ac yn blaen. Roedden nhw'n dadlau, wyneb yn wyneb. Roedd pobl yn syrthio mewn cariad yn y fan a'r lle, heb ddadansoddi, heb feddwl ddwywaith. Roedd pobl yn barod i ddweud y gwir wrth ei gilydd.

Wrth fod ar ddarn o dir ddwy filltir o hyd, doedd 'na fawr o ddim i'w golli, wedi'r cyfan.

Treuliodd weddill y bore canlynol yn helpu gwraig y ffarmwr i wneud bara a chawl cennin. Gweithredoedd na wnaethai ers rhai blynyddoedd bellach, nid ers iddi fod yn blentyn ar y ffarm. Ddywedodd hi mo hynny wrth wraig y ffarmwr, chwaith. Doedd hi ddim am iddi wybod am ei chefndir gwledig. Arfer gwael y cwmni oedd hynny. Pobol bob amser yn trio cuddio'u cefndir, a'u hacenion. Doedd hi ddim ar fin cyfaddef i'r fenyw hon nad oedd hi'n gallu siarad Saesneg tan ei bod yn bump. Taw rhywbeth lled ddiweddar oedd ei hacen ddinesig, y geiriau Saesneg 'ma i gyd. Canlyniad gormod o nosweithiau i mewn ar ei phen ei hun yn y ddinas yn gwylio'r dramâu slic nos Sadwrn, a boddi mewn unigedd a gwin o'r archfarchnad. Yn hytrach, llwyddodd i osgoi'r cwestiynau hynny a gwneud i'r wraig ateb ei chwestiynau hi. Arwydd bod yr hyfforddiant newyddiadurol wedi talu'i ffordd yn rhywle, meddyliodd yn hunangyfiawn.

'Pam symudoch chi mas 'ma yn y lle cynta, 'te?' gofynnodd.

'Breuddwyd 'y ngŵr i oedd o, 'sdi,' meddai, a'i llygaid yn bell. 'Welish i'r hysbyseb yn y papur ac o'n i'n gwbod, tasa fo'n ei weld o, dyna fydde'i diwedd hi, bydda'n rhaid i ni fynd. Mi fuish i am ddyddia'n dal gafal ar y darn papur 'na, cofia, bron â bod yn rhy hir – bron i mi golli'r dyddiad cau ar gyfer y cais – ond, yn y diwedd, nesh i ildio.'

'Ond beth am eich breuddwydion chi?'

'O… paid â chamgymryd. Ma beth bynnag sy'n ei neud o'n

hapus yn 'y ngneud i'n hapus… dyna 'di cariad, 'de? O'n i'n ddigon hapus i adal erbyn diwadd. Digwyddodd rhwbath… cwpwl o flynydda 'nôl, rhwbeth o'n i'n dal i ddod i delera ag o… a fama, dwi'n gallu 'i anghofio fo, wel… weithia, ta beth.'

Fe fu distawrwydd wedi hynny. Syllodd Lucinda ar y toes a oedd yn ymchwydd distaw rhwng ei bysedd. Meddyliodd am ei mam, gymaint roedd honno eisiau ei gweld hi. Doedd hi ddim wedi bod adre ers cyhyd. Wastad yn ffeindio esgusodion. Gwaith yn rhy drwm, ei char yn gollwng petrol, ei chath â niwrosis. Efallai yr âi hi adref dros y Dolig. Roedd unrhywbeth yn well nag eistedd yn y fflat yn Pontcana ar ei phen ei hun, yn yfed siampên, heb awydd bwyd.

'O'n i hefyd yn poeni pa effaith 'sa fo'n gael ar y plant. Mae o 'di gweitho allan yn olreit – ma nhw'n dod 'ma bob haf a gwylia Pasg, ond dwi'm yn 'u gweld nhw'n ystod y gaea. Diwrnod Dolig ddim cweit 'run fath hebddan nhw, cofia.'

Fe'i synnwyd gan hyn. Y plant ar y tir mawr, y fam ynghanol y môr mawr glas.

'Faint o blant sy 'da chi?' holodd.

'Pedwar,' meddai, ac yna stopio'n stond. 'Na, tri o blant, mae'n ddrwg gen i. *Oedd* gin i bedwar o blant. Rŵan ma gin i dri.'

Roedd yn rhaid iddi ddianc, sylweddolodd Lucinda. Roedd bod yno yn y gegin chwilboeth y bore hwnnw – at ei phengliniau mewn fflŵr, yn mân siarad – roedd y cyfan yn ormod iddi. Os nad âi hi oddi yno'r foment honno, fe fyddai ei chroen caled yn toddi yn y fan a'r lle, a'r cyfan fyddai ar ôl fyddai ei henaid, a doedd neb wedi gweld hwnnw ers degawdau. Wedi iddi roi'r bara yn y popty, felly – rhyfedd fel y daeth y cyfan mor naturiol iddi – a sychu ei dwylo yn ei brat (brat! cododd y gair o ryw lecyn annisgwyl yn ei hisymwybod), gwnaeth esgus bod yn rhaid iddi fynd i chwilio am Justin, ac aeth allan i'r awyr agored.

Ni sylwodd y wraig. Roedd ei llygaid fel petaen nhw ymhell, bell.

Rhoddodd yr awyr oer bendro iddi. Fe fu'n rhaid iddi bwyso yn erbyn wal y fferm am rai munudau er mwyn ei sadio'i hun.

'Ti'n iawn?' holodd y ffermwr, wrth basio heibio gyda haid o wyddau, heb aros i glywed ateb i'w gwestiwn.

Cododd Lucinda ei phen. Eisteddodd ar y wal, er mwyn rhoi munud neu ddwy i ryw deimlad annifyr ei gadael.

'Os ti'n chwilio amdano fo – mae o i fyny ar dop yr ynys yn holi perfedd y merched yng Nghae Ucha. Neud rêl niwsans ohono fo'i hun, deud y gwir.'

Chwarddodd y ffarmwr, fel y clywsai Lucinda gymaint o'r ynyswyr yn chwerthin am y cymeriad rhyfedd hwn yn eu plith – Justin Bowen, newyddiadurwr, cyflwynydd, wedi mynd yn wallgo.

Roedd yn rhaid dod o hyd Justin. Ac roedd yn rhaid mynd o 'ma. Fuodd hi erioed mor sicr o unrhyw beth.

Wrth adael y fferm, teimlai'r niwl yn ei phen yn clirio, ei hwyliau'n codi, yr oerfel arferol yn gafael am ei chalon unwaith yn rhagor. Roedd hi'n cofio'i ffrind yn dweud wrthi unwaith iddo osgoi gwenwyn nwy rywdro am iddo'i deimlo'i hun yn newid wrth eistedd yn y tŷ, a'i lygaid yn drwm dan gwsg gwenwynig – ac iddo orfod crwydro o gwmpas y strydoedd tan i'r teimlad hwnnw godi a chodi, nes ei adael yn llwyr. Dyna'r union deimlad roedd hi'n ei deimlo'r eiliad honno. Iddi ddod yn agos iawn at gael ei gwenwyno yn y fferm 'na. A pho bellaf yr âi hi oddi yno, o'r gegin grasboeth a'i harogleuon cynnes, cartrefol, roedd modd iddi anghofio'r hyn ddigwyddodd, a theimlo'r hen Lucinda – neu fel y dylai feddwl amdani, y Lucinda *bresennol*, newydd – yn dod i'r fei unwaith yn rhagor. Wrth gyrraedd Cae Uchaf, penderfynodd na fyddai'n sôn wrth Justin am y profiad hwnnw. Doedd hi ddim eisiau ei chanfod ei hun yn cael ei thrin fel cymeriad yn ei lyfr nodiadau.

Ac yn waeth byth, doedd hi ddim eisiau iddo ddechrau meddwl mai fe oedd yn iawn, wedi'r cyfan.

Fore trannoeth, fe ddaeth Justin Bowen i lawr at y Cafn er mwyn ffarwelio â Lucinda. O leiaf, dyna a gredai. Heb yn wybod iddo, fe aeth Lucinda a Mwynwen â'i stwff i lawr i'r Cafn ben bore, a gwneud yn siŵr eu bod yn llechu yno'n barod ar gyfer y daith. Roedd y llongwr blin eisoes wedi cytuno i gyrraedd ychydig funudau'n gynt nag arfer, er mwyn gallu trafod y cynllun gyda'r ddwy. Doedd e ddim fel arfer mor hawddgar, esboniodd y wraig, ond roedd ganddo ddigonedd o amser i unrhyw gynllwyn a swniai fel petai'n un creulon.

Roedd yn rhaid gweithredu'n gyflym. Roedd llygaid pawb ar yr ynys ar Justin a oedd, heb yn wybod iddo, yn seren mewn ffars wrth iddo nesáu, chwarddiad wrth chwarddiad, at ben draw'r Lanfa. Roedd Lucinda'n serennu, hefyd, fel y brif actores, yn gostwng ei llygaid yn ddof ac yn chwareus wrth ei ddenu gyda hi tuag at y cwch. Yna fe ddaeth y ciw

– Lucinda'n taflu'i breichiau main am ei wddf ac yn rhoi cusan iddo, digon i'w ddrysu'n llwyr, a chaniatáu i Daf a Mwynwen ruthro i lawr i'r lanfa heb iddo dalu dim sylw i rythmau eu traed ar y pren tenau. A dyna ni wedyn – erbyn i Justin synhwyro bod y breichiau cryfion yn gafael amdano yn perthyn i'r cwpwl nobl hwn, yn hytrach nag i Lucinda, roedd y ddau eisoes yn ei dynnu ar y cwch, a'i wasgu i'w sedd. Mi gawson nhw 'chydig o help oddi wrth Cadi a Sioned, a oedd newydd ddychwelyd ar gwch y bore ac yn fwy na pharod i chwarae'u rhan.

Ymddangosodd wyneb Lucinda o'i flaen wedyn, fel na allai weld y lleill yn neidio'n chwim oddi yno, a glanio'n dwt ar y lanfa, wrth i'r cwch ddechrau symud. Siaradodd Lucinda ag ef mewn llais isel, hypnotig, gan ddweud wrtho am beidio â phoeni, ac y byddai popeth yn iawn.

Erbyn iddo droi ei ben, roedd yr ynys eisoes yn rhyw gysgod aneglur, yn graddol ddiflannu o'i feddwl, am byth.

Leri a Sinsir

GWYLIO JUSTIN BOWEN yn cael ei wthio i'r cwch y diwrnod cynt, dyna fu sbardun dadl rhwng dwy, wrth i'r cawl ferwi drosodd yng nghegin fechan Hendy.

'Dwi'm yn meddwl 'i bod hi'n iawn iddyn nhw neud hynna iddo fo,' meddai Leri, wrth i'r moron lamu yn y dŵr. 'Do'dd o'm yn deg iawn, nag oedd? 'I orfodi fo i adal fel 'na.'

'Ia, ond ma gyno fo wraig…' ymatebodd Sinsir, ychydig yn rhy chwyrn, wrth osod y powlenni ar y bwrdd. 'A do's 'na nunlla iddo fo fyw, beth bynnag. Hen un od o'dd o… dwi'm yn gwbod pam wyt ti'n cadw'i ran o…'

'Dwi ddim yn… ond, dyw'r ffaith bod gyno fo wraig ddim yn ddigon, nag'di? O'dd o'n amlwg ddim isho mynd 'nôl ati. 'Swn i'm yn licio gweld sut fysat ti'n ymatab tasan ni i gyd yn trefnu rhyw sioe fel 'na i neud i chdi fynd 'nôl at Johannes…'

'Ia, ond dwi'm 'di *gwrthod* mynd nag'dw?'

Leri'n troi ei chefn ac yn troi'r cawl.

'Duda di.'

Y persli'n glynu'n ddafnau mân, mân ar y gyllell arian.

'Wel mi ydw i *yn* deud, dallta. Dwi'm 'di *gadal* Johannes naddo?'

Cawod o berlysiau'n disgyn o'i dwrn, i'r dŵr.

'Wel dwyt ti'm *hefo* fo rŵan, nag wyt?'

Rhwygo dau ddarn o fara o'r dorth, heb amynedd i'w torri'n dwt.

'Yli, Leri... digwydd aros mlaen 'da ni, yndê? Pythefnos yn lle wythnos, dio'm yn ddigon i... i newid byd, nag'di? 'Da ni'n mynd adre fory, tydan? Mynd adre, er mwyn cael 'chydig o bersbectif.'

Gwthiodd Leri grwstyn rhwng ei gwefus i fodloni'i hawch. Tamaid i aros pryd.

'Lot yn gallu digwydd mewn pythefnos, does?'

Pinsiaid o halen, pinsiaid o bupur.

'Oes... a nag oes. Yli Leri, dwi ddim isho i ti feddwl... fedrwn ni ddim... ddim gneud hyn... 'da ni angen mynd o 'ma 'sdi... cyn i betha fynd yn flêr.'

Blas halen ar y cawl, a'r llysiau'n rhy galed.

'Dwi angen smôc,' ebe Sinsir, gan adael y tŷ.

Roedd yr haf bron ar ben. Roedd cysgodion yr hydref yn ymestyn dros y gorwel. Ymhen wythnos, fe fyddai tymor yr ysgol yn dechrau eto. Sinsir a Leri'n gorfod dychwelyd at yr hen arferion. Wynebu'u disgyblion unwaith yn rhagor, eistedd wrth ymyl ei gilydd yn yr ystafell athrawon, rhannu coffi ar foreau Llun ac ambell botel o win ar nos Wener. A hynny yng ngolau cras, gorbwerus eu cartrefi modern, sgwâr, nid yng ngolau cannwyll mewn bythynnod cyntefig, dan sêr clir, hynafol.

Eisteddodd Sinsir ar ddarn o dir wrth ymyl safle'r cloddio. Roedd Tomos ym mhendraw'r cae gyda thun o baent wrth ei ochr, yn paentio'r pyst er mwyn nodi'r union fannau lle buon nhw'n cloddio. Cododd ei law arni, a gwenu. Ddaeth e ddim draw ati, chwaith. Roedd e'n gweld, wrth y modd chwyrn roedd hi'n chwythu'r mwg dros yr awel, ei bod hi angen bod ar ei phen ei hunan. Roedd Tomos yn dda fel 'na, meddyliodd Sinsir. Y gallu ganddo i weld yr hyn oedd oddi mewn, yn ogystal ag y tu allan, dyna pam roedd e'n archeolegwr, tybiodd.

Roedd y cae ei hun bellach yn ffos dywyll. Anodd credu cymaint o bridd a gafodd ei dyrchu yno'r haf hwnnw. Yr haenau gwahanol yn disgleirio yn yr haul, y taffi'n troi'n oren, a'r oren yn troi'n felyn, ac yna'r glaw yn dod a'r lliwiau'n pydru, eto'n frown tywyll, undonog.

Er iddi ddefnyddio'r cloddio fel esgus gwan am beidio â mynd yn ôl, roedd hi, serch hynny, yn hynod falch o'r rôl roedd hi wedi ei chwarae yn yr holl brosiect. Doedden nhw ddim wedi darganfod fawr o ddim, heblaw am ambell asgwrn ambell brynhawn, ond roedd hynny'n ddigon. Yn ddigon i wybod i gannoedd ar filoedd heidio i'r ynys hon ers canrifoedd, a'u rhesymau i gyd mor wahanol. Rhai'n dyfod yma ar encil, eraill ar wyliau, rhywrai yma er mwyn dygymod â rhywbeth enbyd, eraill wedi dod yma i ddathlu. Ond roedd nifer ohonyn nhw'n dal i fod yma, yn toddi'n un â'r pridd a'r creigiau, yn rhan gadarn o'r ynys am byth.

Roedd hi wedi cadw un o'r esgyrn, heb ddweud wrth y lleill. Wedi gadael iddo swatio'n gynnes ym mhoced ei *combats*, i'w hatgoffa o fyrhoedledd ei byd, ac o'r ffaith na fyddai un o'r gofidiau a oedd yn pwyso arni yn bwysig ymhen degawdau, ymhen canrifoedd, pan fyddai hi wedi hen fynd, ac wedi troi i fod yn ddim byd ond asgwrn mewn pridd.

Dyna pam roedd yn rhaid iddi ddatrys ei theimladau dryslyd tra oedd hi'n dal i fod yn berson o gig a gwaed, a'i chalon yn gynnes.

Dychwelodd i'r tŷ. Slochian gweddillion y cawl. Y ddwy'n crafu'r powlenni a cheisio awgrymu, trwy hynny, fod arnynt eisiau mwy, ac nad oedd yr un o'r ddwy wedi'i digoni. Bob hyn a hyn, edrychai Leri allan trwy'r ffenest, tua'r môr. Darllenodd Sinsir yr hyn oedd yn ei meddwl: gweddïo roedd hi, i drywydd y gwynt newid yn ddisymwth er mwyn rhwystro'r cwch rhag gadael yfory, rhag iddyn nhw ill dwy orfod dychwelyd i'w byd go iawn, at gelwyddau rhyfedd y bore oer.

Doedd hynny ddim yn gwbl annhebygol chwaith. Roedd pawb yn gwybod mor nodweddiadol gyfnewidiol oedd y tywydd ar yr ynys hynod hon a'r grym oedd ganddo i newid yn llwyr, nid yn unig o'r naill ddiwrnod i'r llall ond o fewn ychydig oriau. Erbyn i'r düwch ddisgyn dros yr ynys, roedd hi'n ddigon tebygol y byddai'r pyst y bu Tomos yn eu plannu mor ofalus wedi'u dadwreiddio gan y gwynt. Yn tyllu marciau yn y caeau anghywir.

Ac wrth feddwl am y postyn amddifad yn rholio'n ddigyfeiriad ar hyd y llwybr, dyna pryd y gwnaeth Sinsir ei phenderfyniad. On'd oedd ei meddwl hi'r un mor gyfnewidiol? Un diwrnod yn gwybod ei bod hi'n caru Leri yn fwy nag y carodd yr un person byw erioed, a'r bore nesa yn ysu am glywed llais Johannes yn gynnes yn ei chlust?

Pe bai'r tywydd yn aros fel roedd, ac y deuai'r cwch fory, fe fyddai hi'n derbyn mai ffawd ydoedd, ac fe fyddai'n mynd 'nôl at Johannes, gan drio ei gorau i'w garu, ac anghofio pob dim am y bythefnos ryfedd ddiwethaf.

Pe bai'r tywydd yn troi, a'r cwch yn methu â gadael, fe fyddai hi'n treulio noson arall ym mreichiau Leri.

A dyna lle byddai hi'n aros.

Caerdydd

'JUST! GLOU!' GWAEDDODD SASKIA, 'Ma dy raglen di mla'n!'

Syllodd Justin i berfedd gwyn y sgrîn ar ei gyfrifiadur. Roedd newydd ddileu pedair mil o eiriau, a thrwy hynny, roedd wedi dileu'r ddwy awr ddiwethaf, hefyd.

'Justin! *You're on!* Well iti ffonio dy fam!'

Cododd Justin o'i sedd, er mwyn cau'r drws. Pellhaodd y synau aflafar yn y cefndir, ac er y gallai glywed ei lais ei hun yn adlais annifyr trwy'r tŷ, roedd e'n benderfynol nad oedd e'n mynd i wylio'r rhaglen.

'Justin, wyt ti'n dod i wylio hwn?'

Roedd yn rhaid iddo deipio rhywbeth, a hynny'n sydyn. Cyn i'r syniadau ddiflannu, unwaith ac am byth, o'i ben. Rhywbeth, unrhyw beth. Unrhyw beth i ddianc rhag y synau yn yr ystafell drws nesa. Teipiodd y gair Enlli ar y sgrîn o'i flaen, a'i wylio'n ymffurfio'n llythrennau cadarn. Ac yna eto, gan fwynhau curiad ysgafn ei fysedd chwim ar y cyfrifiadur. Enlli, Enlli, Enlli. Yn gyfeiliant i hwnnw, clywodd sŵn llopanau tenau'n sleifio i fyny'r grisiau. Saskia'n troi dolen y drws. Roedd e ar glo.

'Justin – beth wyt ti'n neud mewn fan 'na? Ma'r rhaglen *Ynysoedd* mlaen.'

Trodd Justin yn ei sedd symudol. Rownd a rownd. Bob

hyn a hyn glaniodd yn ôl wrth ei ddesg gan geisio'r gair unwaith eto, mewn llythrennau bras y tro yma: ENLLI.

'Wy'n brysur, Saskia.'

Ochneidio pen draw'r drws. Sŵn un llaw fain yn ymbalfalu ym mhoced ei throwsus llwyd am sigarét.

'Ma'r rhaglen yn... yn edrych yn dda, Justin. Ma nhw'n dangos y barbeciw nawr, a ti ynghanol pawb yn edrych yn... yn neis.'

Cododd Justin ar ei draed ac aeth at y drych. Roedd arwyddion o'r llosg haul yn dal ar ei dalcen. Dyna'r unig gofnod oedd ganddo ar ôl bellach o'r wythnosau diwethaf, ac roedd hwnnw, hyd yn oed, yn dechrau diflannu.

'Iawn, wel, a' i 'nôl lawr stâr 'te,' clywodd Saskia'n ildio'n ddistaw, a'i chardigan hir yn siffrwd ei gyfaddawd ar hyd y carped.

Dychwelodd Justin at y sgrîn. Gwelodd ei wyneb ei hun yn syllu'n ôl arno, a chafodd syndod ei fywyd.

Roedd Saskia wedi gosod clawr ei lyfr fel arbedwr sgrîn. Yr hyn a'i trawodd yn syth oedd mor enfawr yr edrychai ef, mewn cymhariaeth â'r ynys fechan tu ôl iddo. Mi allai rhywun feddwl mai ef ei hun oedd yn bwysig, ac nid yr ynys.

Clywodd Saskia'n newid y sianel – er mwyn gwylio *Who Wants to be a Millionaire?*

Ers i Justin ddychwelyd i Gaerdydd, roedd pob dim, yn ara deg, wedi syrthio'n ôl i'w le. Wedi iddo orfod derbyn, yn raslon, ei fod ar y cwch, a'i fod yn mynd oddi yno – ac roedd yn rhaid iddo, mewn gwirionedd, am mai'r dewis arall oedd wylo fel baban yng nghôl Lucinda, yng ngŵydd deuddeg o leianod – ildiodd i bob dim arall a oedd yn ei ddisgwyl, hefyd. Aeth i'r stiwdio, fel sombi, i recordio ei droslais dienaid. Aeth ar raglenni trafod er mwyn sgwrsio am y rhaglen gyda'i arddeliad proffesiynol arferol. Aeth yn ôl i gyflwyno newyddion chwech, i ddarllen *autocue*, a chael haenau mwy trwchus nag arfer o golur ar ei wyneb, er mwyn cuddio'r llosg haul. Gwrandawodd ar barablu gwastraffus y merched colur, gan nodio ei ben a gwneud synau cydymdeimladwy yn y bylchau iawn. Aeth pob dim rhagddo'n naturiol, yn gwbl normal, fel pe bai dim byd wedi newid o gwbl.

Ond roedd pethau wedi newid. Unwaith ac am byth. Fedrai e ddim anwybyddu'r ffaith honno.

Wrth i'r cwch droi wrth droed y mynydd, safodd ar ei draed yn sydyn.

'Justin,' meddai Lucinda mewn llais isel, 'Iste lawr.'

''Yn stwff i!' ebychodd.

'Ma fe i gyd wedi'i baco, bach. *It's all there.*' Dychwelodd bratiaith hallt Lucinda iddi'n sydyn, a'i tharo fel ton annisgwyl.

'Nadi... dyw e ddim i gyd 'na...' meddai, a'i lais yn ddagreuol. 'Beth am fy nodiadau i?'

'Ma'r holl bapur oedd ar dy ddesg di...' protestiodd Lucinda.

'Na!' Gorffwysodd Justin ei ben yn ei ddwylo. Roedd e'n teimlo'n sâl. Roedd ei fyfyrdodau praffaf, mwyaf treiddgar, yn y llyfr nodiadau. Nid dim ond deunydd arwynebol i'w roi mewn rhyw lyfr bwrdd coffi ceiniog a dime, ond arsylwadau athronyddol, dwys, ynghyd â gwead cymhleth, soffistigedig ei stori. Roedd wedi cynllunio'r cyfan mor ofalus. Heb sôn am fynd i fanylder disgrifiadol athrylithgar. Y pethau bychain doedd neb arall yn sylwi arnyn nhw. Gwallt yn ysgwyd yn rhydd dan yr awyr borffor. Chwarddiad distaw yn dawnsio ar y waliau, yn pelydru yn y lamp nwy. Y syniadau oll ar goll mewn ogof laith.

'Ma'r llyfr yn Ogof Elgar, Lucinda! Dylet ti fod yn gwbod 'ny!' Gostegodd ei lais yn sydyn. Roedd y lleianod yn dechrau aflonyddu. Gafaelodd ym mraich Lucinda, a'i gwasgu'n ysgafn, yn ddigon iddi sylweddoli nad oedd e'n hapus. 'Sut dwi fod i gwpla sgrifennu'r llyfr 'ma nawr, y?'

Syllodd Lucinda'n ôl arno, ei llygaid fel marblis o ddideimlad. Doedd ganddi mo'r nerth na'r galon i esbonio wrtho, ar yr union eiliad honno, bod y llyfr eisoes wedi cael ei sgrifennu, a'i argraffu, y byddai'r copi cyntaf ar ei ddesg fore Llun, bod yna'r fath bethau â *ghost writers,* a bod ei ddelfryd o fod yn awdur eisoes yn gareiau, ynghyd â'i gontract gyda Cwmni Grata.

Ac oedd, roedd yr hen Lucinda, neu'r Lucinda newydd, a oedd bellach yn deitl mwy addas iddi, yn bendant wedi dychwelyd, a diolch byth am hynny.

Ghost writer. Roedd e'n derm addas ddigon, meddyliodd Justin, wrth feddwl am yr effaith arswydus a gâi arno bob tro y'i clywai. Doedd dim dewis ganddo ond mynychu'r lansiad, a chael ei lun wedi'i dynnu gyda hwn, llall ac arall. Derbyniodd bob cymeradwyaeth a llongyfarchiad yn urddasol, gan deimlo llygaid miniog Lucinda a Clive arno o gornel y siop lyfrau, rhag ofn iddo'u bradychu. A'r cyfan oll gan wybod bod yr awdur 'go iawn' yn eu plith rywle, yn ei wylio, yn ei asesu, yn chwerthin am ei ben. ''Sdim angen i ti wybod pwy yw e,' taerodd Lucinda, 'Ma hynny 'mond yn neud pethe'n gymhleth. Ma fe 'di cael 'i dalu fel pawb arall – job yw job. Nawr gwena *for God's sake.'*

Fflach wen y camera. Saskia ym mhen pella'r siop yn fflyrtio gyda'r perchennog. Pwy ddiawl oedd yr awdur? Pwy allai daeru iddo fod yn ysbryd o'r hyn roedd ef?

O gornel ei lygaid gwelodd ddyn ifanc yn sleifio allan i'r noson ifanc. Roedd coler ei got yn uchel, smygai sigarét denau, ac roedd e'n gwisgo het. Rhaid mai hwn ydoedd. Roedd e'n edrych fel awdur go iawn, yn drewi o syniadau, a'u drafft yn llifo at bawb wrth y drws agored. Trodd y dyn ei ben yn sydyn, a syllu'n ôl ar Justin. Cochodd hwnnw at ei glustiau, a'i losg haul yn dychwelyd yn sydyn.

Gwelodd Clive yr edrychiad rhyfedd hwn rhwng y ddau ddyn, gan weddïo na fyddai Justin yn rhedeg i fyny at y dieithryn, ac yn mynnu gwybod pwy ydoedd. A hynny'n bennaf am y byddai'n canfod mai dim ond rhywun a oedd yn digwydd pasio heibio ydoedd. Yn gwneud yr hyn a wnâi pobl wrth basio heibio i ddigwyddiad fel hyn, a chael eu denu'n nes, fel gwybedyn at lamp, i ganfod bod yna rywbeth digon anniddorol yng nghrombil y cyfan.

Gwenodd wrth weld Justin yn arwyddo ei seithfed copi ar hugain o'r llyfr. Llwyddiant ysgubol, diolch byth. Efallai'n wir y byddai'n haeddu gwydraid o siampên ym mhen munud neu ddwy.

Fel wats, fe ddaeth Lucinda ag un iddo.

'*All going smoothly, Clive,'* canodd Lucinda.

'Odi wir, 'y merch i, *very good indeed,'* atebodd, gan deimlo'r swigod yn dawnsio yn ei ben. '*Need to get more projects like this going.* Ma pobol yn dwlu ar y math 'ma o beth.'

'Wel, nawr 'yn bod ni'n gwbod bod ti 'llu troi nhw mas,

Clive, *you can do more of this kind of thing.*'

Efallai wir, meddyliodd Clive, ysbryd Justin, wrth lowcio'r siampên mewn un gegaid felys.

Rai wythnosau wedi iddo ddychwelyd o'r ynys, cafodd Justin wybod gan Gwmni Grata na fyddai ei gytundeb yn cael ei adnewyddu wedi'r Nadolig. Roedd ei ymddygiad ar yr ynys, yn ôl y llythyr, wedi bod yn gwbl annerbyniol i'r criw a'r tîm cynhyrchu, a doedd neb yn siŵr iawn pa mor ddibynadwy oedd e bellach.

Ond mae'n iawn i'r dyn sain fod yn feddw gaib hanner yr amser, meddyliodd Justin yn chwerw, gan daflu'r darn papur i'r bin.

Mewn sawl ffordd, doedd colli ei swydd ddim yn ei boeni o gwbl. Edrychai ymlaen yn eiddgar at gael cyfle i eistedd i lawr a sgrifennu rhywbeth, o'r diwedd. Cael gwireddu ei freuddwyd o fod yn awdur, a chael codi dau fys ar y syniad hurt mai dim ond trwy gyfrwng *ghost writer* y gallai dderbyn unrhyw hygrededd. Fe allai fynd at y wasg, sylweddolodd, wedi iddo ennill gwobrau am ei nofel gyntaf, a gwneud *exposé* am y modd y cafodd ei drin gan y cwmni, y modd y rhwymwyd ei awen mewn strwythurau caeth, a'r modd y cafodd ei annog i dwyllo'r genedl gyda'r llyfr am ynysoedd.

Dyna pam, brin ddyddiau wedi iddo dderbyn y llythyr, roedd wedi treulio pob noson yn eistedd o flaen ei sgrîn wag, yn creu a dileu brawddegau. Roedd yn rhaid dechrau arni o ddifrif.

Doedd yr awen ddim wedi taro heibio eto, ond mater o amser oedd hi.

'Justin? Wy'n mynd i'r gwely.'

Roedd hi'n hanner nos erbyn hyn, a lliw gwyn y sgrîn yn dal i'w herio. Roedd Saskia'n siarad mwy ag e ers iddo'i gaethiwo'i hun yn y llofft fel hyn. Bron fel petai hi'n mwynhau cyfathrebu â'r drws yn fwy nag roedd hi'n mwynhau siarad wyneb yn wyneb.

'Iawn. Cer di. Bydda i 'na yn y funed.'

Roedd e heb ddweud wrth Saskia, eto, am y llythyr hwnnw a dderbyniodd oddi wrth y cwmni. Ei fwriad oedd cyflwyno ei deipysgrif iddi'n anrheg Nadolig, gadael iddi bori trwyddo ddiwrnod Nadolig tra byddai yntau'n paratoi cinio, a gweld ei hwyneb caled hithau'n meddalu, yn newid. Ei sbectol ddarllen hi'n syrthio oddi ar ei thrwyn mewn syndod.

Erbyn iddyn nhw wledda ar weddillion y twrci'r noson honno, fe fyddai Saskia wedi ei hargyhoeddi'n llwyr bod ei gŵr yn athrylith creadigol, ac nad oedd angen iddo'i hwrio'i hunan i'r cyfryngau diddiolch eiliad yn rhagor.

Tri o'r gloch y bore. Roedd ei lygaid yn agor ac yn cau, a'r cychod yn mynd a dod yn ei feddwl. Doedd dim iws. Darllenodd unwaith yn rhagor y geiriau roedd newydd eu hysgrifennu. Popeth mor ystrydebol, y cymeriadau heb fod yn grwn, heb fod yn gyfan. *Am nad oeddet ti'n eu nabod nhw go iawn,* clywai Lucinda'n adleisio yn rhywle yn ei feddwl. *Dyna pam rwyt ti'n methu eu hail-greu nhw fel cymeriadau. You've got to give them what they want,* cariad – faint o weithiau roedd e wedi clywed hynny'n disgyn o'r genau sgleiniog wrth iddo syllu i mewn i'r camera?

Lucinda! Gwyddai ddigon amdani i'w gwneud yn destun

i'w stori, roedd e'n berffaith sicr o hynny. Mewn nofel gallai ei meddiannu, ac roedd hynny'n ei gynhyrfu. Roedd rhyw yn gwerthu, dyna oedd pawb yn ei ddweud.

Erbyn toriad gwawr, erbyn i Saskia rolio o'r gwely ac i'r gawod, roedd Justin Bowen wedi treiddio'n ddwfn i feddwl Lucinda Price. Doedd e erioed wedi sylweddoli cymaint y gwyddai amdani tan iddo ddechrau sgrifennu. Ei fod, trwy gyfrwng sawl parti Nadolig gwyllt, wedi llwyddo i wybod mwy a mwy am y cymeriad hynod, am ei chefndir amaethyddol, ei dyheadau, ei breuddwydion, digon i wybod nad hi oedd hi, go iawn. Gwelodd y stori'n ymffurfio o flaen ei lygaid, a'r sgrîn yn gorlifo â geiriau.

Ond roedd angen mwy arno. Roedd angen iddo deimlo mai ef, Justin, *oedd* Lucinda. A'r eiliad y clywodd ddrws y ffrynt yn cau, rhedodd i wardrob ei wraig a chwilota am bâr o sodlau uchel. Twriodd a thwrio ymysg myrdd o liwiau lledr cyn tynnu, o grombil y pentwr, bâr o esgidiau gwyrddlas, yr un ffunud â'r rhai a wisgai Lucinda pan ddaeth i'r ynys am y tro cyntaf.

Aeth â'r rheiny 'nôl at y ddesg, gwasgu ei draed sgwâr, maint deg, i mewn iddyn nhw, a baglu ei ffordd trwy'r bennod gyntaf.

Fflintiau

Galwodd Tomos heibio i weld Bela ar ei ffordd tua'r Cafn. Heddiw oedd y diwrnod mawr, y diwrnod y byddai Dic ac Anni'n gadael yr ynys am byth, ac y byddai'r plac 'Warden' yn cael ei roi'n ôl ar wal gerrig Llofft Plas. Darn o lechen las ydoedd i bawb arall, teitl na olygai lawer o ddim byd i neb, ond fe fyddai ei gael yn ôl yn golygu'r byd i Bela, gwyddai hynny. A heddiw fe fyddai Tomos yn gadael hefyd, yn ogystal ag Alys, Sinsir a Leri, ei forynion archeolegol. Credai fod rhywbeth yn arwyddocaol am hynny, ei fod ef a'i dîm yn gadael a bod pethau'n dechrau mynd 'nôl i'w trefn arferol, fel pe bai ei ymddangosiad ef rywsut wedi newid y cyfan oll.

Doedd *hi* ddim yn mynd am ddeuddydd arall. Er mwyn gadael gyda Sioned a Cadi, dyna oedd ei hesgus beth bynnag, ac er mwyn peidio â mynd oddi ar yr ynys yr un pryd ag e. Roedd wedi cynnig rhoi lifft iddi'n ôl i Fangor – gan nad oedd neb i'w chyfarfod, bellach, a hithau wedi gorffen gyda'i chariad dros y ffôn rai dyddiau'n ôl. Allan ar Ben Diben ynghanol nos, yn y gwynt a'r glaw, y teclyn yn ei llaw a'i geiriau'n arw yn y wifren anweledig.

Ond deallodd ei neges i'r dim pan wrthododd ei lifft. Doedd dim modd gwybod sut fyddai'r naill na'r llall yn teimlo wrth grensian ar gerrig bychain Porthmeudwy, yn yr awyr rydd agored, gyda'r lôn goncrid yn ymestyn o'u blaenau, wrth i fywyd lithro o un gêr i'r llall mor ddidrafferth, mor ddifeddwl.

Eisoes roedd wedi cael noson ychwanegol yn ei chwmni, gan i'r cwch gael ei ganslo fore ddoe. Yn ôl yr arfer, roedd y ffermwyr, Daf a Mwynwen, wedi mynd o gwmpas y tai'r noson cynt yn lledu'r newyddion, wedi iddyn nhw gael cadarnhad ar y radio, a doedd e erioed wedi bod mor falch o weld Mwynwen. Synhwyrodd hithau'r gorfoledd yn ei lais.

'Braf 'di gweld rhywun yn hapus am y peth,' meddai hi, wrth iddi fflachio'i golau ar hyd y llwybr. Dwi 'di cael llond pen gan un ymwelydd! A 'di Dic ac Anni ddim yn hapus, chwaith. Ma'n rhaid iddyn nhw dreulio noson arall mewn tŷ'n llawn bocsys.'

'Trueni 'u bod nhw'n gadel ontefe?' meddai Tomos. 'Ma nhw'n wardeniaid da.'

'Yndyn ma nhw, Tomos bach, ti'n iawn.' Petrusodd. Roedd ganddi rywbeth i'w ddweud, er nad oedd hi'n siŵr ai wrth Tomos y dylai hi ddweud y 'rhywbeth' hwnnw. 'Ella ân nhw ddim, cofia. Dwi… dwi ffwr' i gael gair hefo Bela rŵan. Ma isho cau pen y mwdwl ar yr holl fusnas 'ma, does? Ma 'na betha dylia Bela wbod, wsti.'

Gwyliodd ben-ôl penderfynol Mwynwen yn siglo trwy'r iard, a mwynhau'r glaw a ddaeth ar ei hôl.

Dyma'r eildro yn ei hanes i Tomos weddïo am dywydd garw i'w gadw yno. Y tro cyntaf, doedd e'n ddim mwy na llanc deng mlwydd oed mewn trowsus cwta, yn gwrando ar ei fam yn crio, wrth dynnu'r afalau prin i gyd oddi ar goeden Plas Bach.

'Gadewch iddi gael un noson arall,' roedd wedi sibrwd, heb wybod yn iawn ar bwy y gweddïai, dim ond y byddai rhywun yn sicr o wrando. 'Gadewch i ni gael un noson arall gyda'n gilydd, er mwyn iddi beidio â chrio fel 'na.'

Ac fe wireddwyd ei ddymuniad. Fore trannoeth, roedd y dillad roedd ei fam wedi'u gosod yn ofalus ar y lein wedi chwythu i ffwrdd yn y gwynt, ac roedd ei llef orfoleddus – wrth weld mor arw oedd y môr – wedi atsain trwy'r tŷ, ac Indeg ac yntau wedi taro'u cledrau yn glep wrth ei gilydd.

Yr un boddhad plentynnaidd roedd wedi ei deimlo pan dderbyniodd y newydd y noson honno. Ysfa i redeg oddi yno, yr holl ffordd i lawr at y goleudy, drwy'r brwyn a'r eithin, cicio'r cerrig i'r awyr, neidio dros ben y giât fel na fyddai hi'n clywed ei rybudd gwichlyd, gwasgu ei wyneb yn erbyn y ffenest, a gwenu arni. Gwên a fyddai'n datgelu pob dim.

Ond cyn y câi wneud hynny, roedd yn rhaid iddo benderfynu a oedd hi'n ddoeth gwneud hynny ar noson fel heno? Pe câi ei wrthod – ac fe allai hynny ddigwydd – fe fyddai'n rhaid iddo wynebu na fyddai'r cwch yn ei gludo ymhell o'i gywilydd fore drannoeth. Fe fyddai'n rhaid iddo dreulio diwrnod ar yr ynys heb fod arno eisiau bod yno – profiad a fyddai'n gwbl ddieithr iddo. Ar y llaw arall, pe bai e'n gweithredu heno, a phe bai'r ymateb yn ffafriol, roedd ganddo ddiwrnod a noson gyfan arall yn ei chwmni.

Yn y diwedd, doedd dim rhaid iddo wneud unrhyw fath o benderfyniad. Clywodd ddrws ei lofft yn agor a dyna lle'r oedd hi, â'i bochau'n binc:

''Sdim cwch fory 'te,' meddai, gan godi'r adroddiad archeolegol oddi ar ei ddesg fel petai e'r peth mwyaf diddorol a welodd yn ei byw.

Yn ei nerfusrwydd, treuliodd oriau lawer yn dangos gwahanol fathau o ffllintiau iddi. Roedd e wedi anghofio'n llwyr iddo ef ei hun gael ei ddychryn gan yr ymgais 'garwriaethol' hon fisoedd ynghynt. Roedd ganddo focs cyfan ohonyn nhw yn ei ystafell, ac roedd e'n frwd i rannu'r darganfyddiadau gyda hi, a'i hannog i weld harddwch eu honglau pigog, eu lliwiau cyfnewidiol. Roedd e hefyd yn gobeithio bod 'na rywbeth eisoes yn cyniwair yn ei meddwl, ac y byddai, rywsut, yn gallu gwau archeoleg, ac o bosib ef ei hun, i mewn i'w stori.

'W't ti eisoes yn rhan ohoni hi,' meddai hi, wrth grybwyll y syniad yn chwareus, a chan symud yn nes ato.

'Wy'n credu af i i nôl bocsed arall o win,' meddai'n sydyn, gan deimlo gwres ei choes hi yn erbyn ei goes ef.

Rhedodd i lawr y grisiau gyda'r tortsh yn ei law. Clywodd y geifr yn aflonyddu yn y cysgodion. Roedd ei ben yn troi, ac roedd angen amser arno i feddwl, i ddadansoddi. A oedd 'na rywbeth gwirioneddol rhyngddyn nhw yn ei lofft gyntefig wrth godi'r ffllintiau i'r golau? Neu ai fe oedd wedi camddeall? Ai fe oedd yn twrio fymryn yn ormod, tan y byddai, yn union fel yn achos y cloddio yng Nghae Uchaf, yn darganfod dim byd, a'i gael ei hunan yn syllu i ddyfnant fawr ddu?

Dychwelodd, ac eistedd wrth ei hymyl unwaith yn rhagor. Roedd arno eisiau ei holi am ei chariad, am y ffaith iddi orffen ag ef, mor ddisymwth, dros y ffôn fel yna. Pam y gwnaeth hi hynny? Roedd e wedi clywed pobl yn dweud bod rhywbeth felly'n rhan o draddodiad yr ynys. Onid oedd sawl un yn dueddol o anghofio'n llwyr am y teimladau a'r profiadau hynny roedden nhw wedi eu cael pan oedden nhw ar y tir mawr, fel petaen nhw'n cael eu chwipio ymaith gan y gwynt.

Dyna sut argraff roedd yr ynys yn ei gael ar bobl. Gafael yn rhywun. Toddi'r tir mawr yn ddim. Gwneud i berson gredu mai'r fan hyn oedd yr unig le ar y ddaear a'r unig le i fod. Nad oedd angen dim arall. A doedd hynny ddim i ddweud bod yn rhaid byw heb gariad ychwaith. Ar ynys, onid oedd y bobl ryfeddaf yn ymddangos yn atyniadol?

Sylweddolodd fod ei feddwl wedi crwydro, a'i bod hithau bellach yn gorwedd ar ei wely, yn hanner cysgu.

Cerddodd yn araf tuag ati, gan ddal y lamp nwy yn ei law. Ei gosod wrth droed y gwely a phlygu lawr i edrych arni. Agorodd ei llygaid. Edrychodd y ddau i fyw llygaid ei gilydd. Yn sydyn iawn, roedd y cyfan yn gwbl glir.

Heddiw, roedd yn *rhaid* iddo adael, a doedd dim modd osgoi hynny. Ac roedd hithau'n cerdded gydag ef, tua'r Cafn, wedi iddyn nhw dreulio ei noson olaf gyda'i gilydd yn ei Lofft Adar. Pan gyrhaeddodd y tractor yr iard eifr, roedd Daf, Mwynwen ac Alys wedi ebychu wrth weld yr awdures yn ei ddilyn i lawr y grisiau, ac yna wedi cynhesu'n sydyn at y syniad. Pam na fydden nhw wedi sylweddoli'n gynt? Ac Alys yn bwdlyd ddigon wrth sylweddoli bod ei ffigwr tadol wedi bod yn gwneud yr union bethau ychydig lathenni oddi wrthi, y bu hi'n breuddwydio am eu gwneud gyda rhywun, a hithau'n chwyrnu'n ddiarwybod. 'Y sglyfath,' meddai, gan wenu, a chan fwynhau gweld yr awdures yn cochi at ei chlustiau.

Caeodd Tomos ddrws y Llofft Adar am y tro olaf. Doedd e ddim yn gwybod pryd y deuai'n ôl eto, ac roedd e'n gwybod na fyddai'r un haf fyth fel yr haf hwn. Tybed sut fyddai hi'n teimlo, yn ystod y diwrnodau a oedd ganddi'n weddill, wrth weld ei ddrws ynghau, a'r aderyn paent glas yn bythol hedfan ei ffarwel? Roedd e'n gobeithio y byddai hi'n codi ei phen, o leiaf, wrth basio heibio.

Dilynodd yntau, Alys a'r awdures y tractor a'u pennau'n isel, fel petaen nhw'n gorymdeithio mewn cynhebrwng. Cynhebrwng o fath ydoedd, hefyd, wrth feddwl bod Dic ac Anni'n gadael yr ynys am byth. Dyna pam roedd Tomos yn benderfynol o alw heibio i Lofft Plas – er bod hynny'n golygu y câi lai o amser yn ei chwmni *hi* – i weld a oedd modd newid meddwl Bela.

Wedi iddi wyro oddi ar y llwybr, cnociodd yn betrusgar wrth ddrws Llofft Plas. Fe ddaeth Bela i'w ateb yn syth, a'i hwyneb fel petai'n disgyn oddi arni.

'Dewch i mewn, Tomos,' meddai, 'neis eich gweld chi.'

'Oeddech chi'n disgwyl…?' Roedd y frawddeg wedi hedfan heibio i'w ddannedd ac eisoes roedd e'n difaru. Trwy'r ffenest fawr wrth fwrdd y gegin – yr olygfa orau ar yr ynys – roedd hi'n bosib gweld Dic ac Anni'n llwytho eu heiddo ar y cwch. Byrddau'n cael eu gollwng i lawr â rhaffau cryfion, gitâr fas Dic wedi dod ac wedi mynd o'r ynys heb ei chyffwrdd. Syllai Bela ar y cyfan yn gegrwth. Ac roedd hi'n berffaith amlwg nad oedd hi'n disgwyl iddyn nhw alw, wedi'r cyfan.

'Ma 'da fi'r adroddiad ar y cloddio yn fan 'yn,' meddai, er ei bod hi'n berffaith amlwg nad oedd Bela'n gwrando arno o gwbl. 'Meddwl falle 'sech chi'n licio cael golwg arno fe…'

'O… iawn.' Cydiodd Bela yn y papurau a'u rhoi o'r neilltu. Teimlai Tomos yn ynfyd y foment honno. Dyma oedd un o'r diwrnodau mwyaf pwysig, mwyaf poenus o bosib, ym mywyd Bela, a dyma lle'r oedd e'n disgwyl iddi gyffroi am ryw adroddiad archeolegol anniddorol. Nid yn unig roedd e'n adroddiad anniddorol, sylweddolodd, ond roedd e hefyd, i raddau, yn adroddiad cwbl ddiwerth. Oedd, roedd wedi llwyddo i brofi nad oedd yna unrhyw olion archeolegol o gwbl yng Nghae Uchaf, ac yn ddiamau fe gâi'r Bwrdd ganiatâd cynllunio. Ond roedd cloddio er mwyn cloddio yn mynd yn groes i'w holl werthoedd fel archeolegwr. Roedd wedi bod yn cloddio heb ddarganfod dim byd, ac yn waeth fyth, yn gwneud hynny gan wybod yn iawn na fyddai'n darganfod dim byd. Ac roedd y gwacter hwnnw'n ei arswydo o bryd i'w gilydd, wrth iddo ofni y deuai'r ddyfnant ddu i ymweld â'i freuddwydion rywdro.

'Wyddet ti...' meddai Bela wrtho, heb feddwl, 'ei bod hi'n disgwyl?'

'Pwy?' ebychodd Tomos, gan fod ei feddwl yn llawn ohoni hi, ei gwallt euraid, cefn ei gwddf noeth. Sut roedd hynny'n bosib? Dim ond neithiwr y gwnaethon nhw...

'Anni,' atebodd Bela, a'i dynnu'n ôl i realiti gerfydd ei gwallt gwyn. 'Pedwar mis medde Mwynwen. Do'th hi yma neithiwr i ddeud 'tha i. Doedd gen i ddim syniad. Taswn i 'mond 'di gwbod, 'swn i... wel...'

'Wel, rych chi *yn* gwbod nawr, on'd ych chi?' mentrodd Tomos.

'Ia, wel, ma hi'n rhy hwyr 'wan, yntydi? 'Sna'm pwynt codi pais...'

Diflannodd ei brawddeg yn ei phaned. Cododd Bela'r adroddiad archeolegol oddi ar y bwrdd, gan esgus cymryd diddordeb ynddo. Ond roedd hi eisoes yn twrio ac yn dadorchuddio darnau poenus ohoni hi ei hun. Meddwl oedd hi, yn fwy na thebyg, am y cachu ci bondigrybwyll roedd pawb ar yr ynys yn dal i sôn amdano. Sylweddolodd yn ddigon buan ei fod yn tarfu ar funudau dyrys, personol, rhyngddi hi a'i hunan, a bod angen iddo adael. Pwy a ŵyr, efallai ei fod, wrth ei drysu fel hyn, yn lleihau'r siawns o'i chael i fynd at y Cafn, ac ymbil ar Dic ac Anni i beidio â mynd.

'Edrych ar ôl dy hun nawr, Tomos,' meddai Bela, gan blannu cusan annisgwyl ar ei foch. 'Ella gwelwn ni ti 'ma flwyddyn nesa. Ma wastad digon o waith cloddio i'w wneud 'ma, on'd o's 'na?'

Cerddodd Tomos i ffwrdd. Ond wedi iddo gymryd cam neu ddau, stopiodd yn y fan a'r lle. Meddyliodd am Bela ar ei phen ei hun yn y tŷ. Efallai iddo wneud camgymeriad yn mynd oddi yno mor fuan. Roedd hi'n bosib mai'r hyn roedd ei angen arni, go iawn, oedd i rywun fynd ati a'i gorfodi i weld yr hyn a oedd yn amlwg i bawb arall.

Ond wnâi hi mo'r ffasiwn beth. Roedd hi, fel degau o bobl eraill gynt, wedi bod yma'n rhy hir bellach i gyfaddawdu, i wneud lle i bobl eraill. Roedd hi'n mynd i wneud pethau yn ei ffordd ei hunan, hyd yn oed pe golygai hynny golli aelodau'r teulu. Yr ynys oedd yn dod gyntaf, yr ynys a'i gwallgofrwydd.

Doedd dim pwynt troi'n ôl.

Fe ddigwyddodd pob un ffarwel yn rhy sydyn. Yntau'n ceisio gafael yn Cadi a honno'n mynd yn stiff fel celficyn, Sioned yn ei gofleidio hyd nes cipio'i wynt, ac yntau'n ceisio cofleidio Alys a hithe'n ei wthio'n ôl yn sydyn. 'Dwi'n dod ar y cwch efo chdi, y lwmp,' gwaeddodd, wrth i bawb chwerthin. Fe fyddai'n beio Alys, o hyd, am y chwithdod a greodd hynny rhyngddo ef a hi. Roedd hi'n fwriad ganddo siglo o un goflaid i'r llall fel y byddai ei chofleidio hi wedi edrych fel y peth mwyaf naturiol a greddfol yn y byd i'w wneud. Ond oherwydd i sylwadau Alys darfu'n ddisymwth ar y rhythm hwnnw, fe'i cafodd ei hun wedi dod i stop yn sydyn, o'i blaen. Y ddau ohonyn nhw'n syllu ar ei gilydd, heb wybod yn iawn beth i'w wneud.

Y rhythmau'n ailgydio o'u cwmpas. Leri'n gafael am Sioned, a Cadi am Sinsir, ac Alys yn datgysylltu'r gadwyn, gan orwedd wrth ymyl y lanfa, ei thraed yn y dŵr, a'r haul yn treiddio trwyddi. Pawb yn dechrau ffysian. Telor yn gollwng ei dedi gorau yn y dŵr, Bel yn dechrau canu un o'r caneuon y dysgodd Bela iddi, yn uwch ac yn uwch ac yn uwch, er mwyn tynnu sylw ei rhieni. Y rheiny'n dechrau gwylltio, a'i siarsio i ddod i mewn i'r cwch. Bel yn dechrau sgrechian, mewn modd dolurus, gorffwyll, fel na wnaethai erioed o'r blaen.

Bela'n llosgi ei thafod ar ei the mint, gan fwynhau'r boen. Ei thrwyn yn agosach ac yn agosach at ffenest Llofft Plas, ond gan wybod nad âi hi i'r Cafn.

Dyna pryd y digwyddodd y peth. Fel petai'r ddau ohonyn nhw'n gwbod mai dyma fyddai eu hunig gyfle, fe ddaeth y ddau ben at ei gilydd yn un gusan sydyn, dwt.

Ac ni sylwodd neb arni.

Camodd i'r cwch yn ddigon bodlon wedi hynny. Doedd e ddim yn siŵr beth yn union oedd arwyddocâd y gusan sydyn honno wrth y lanfa, ond roedd hi'n ddigon, beth bynnag, i osod caead ar bethau. Y ddau ohonyn nhw'n cydnabod, yn sydyn ac yn ddiymdroi bod yna rywbeth, ac er nad oedd modd rhoi enw iddo, na gwneud synnwyr ohono'n llwyr, mi roedd cydnabod ei fodolaeth, ei ddathlu, ei gofnodi, yn fwy pwysig, mewn ffordd, na'i ddatblygu.

Roedd ei wefus yn dal i bowndio gyda gwres y gusan. Wrth i'r gweddill ddechrau cynhyrfu wrth glywed yr injan yn tanio, teimlai yntau'r llonyddwch perffeithiaf. Roedd yr archeolegwr ynddo yn methu peidio â dehongli'r gusan honno fel rhywbeth a ddaethai o'r pridd, gwirionedd cudd o'i hymysgaroedd y bu yno'n llechu ers wythnosau lawer, ac roedd ef, fel archeolegwr, wedi llwyddo i'w balu i'r wyneb, yn gofnod o gyfnod. Roedd y gusan honno o werth hanesyddol, roedd e'n berffaith sicr o hynny, er na fyddai posib iddo ei chynnwys yn ei adroddiad i'r Bwrdd, yn anffodus.

Teimlai'n ddig bod cyn lleied o'r lleill wedi sylwi ar y gusan. Ond roedd pawb ar y cwch yn drwm dan bwysau eu problemau − eu cusanau − nhw'u hunain. Edrychodd o'i gwmpas. Alys â'i hwyneb yn erbyn ei got law, yn crio'n ddistaw iddi hi ei hun am ei bod hi'n cychwyn yn y coleg ym mhen mis a heb syniad sut i ddelio â'r byd. Leri, wedyn, wedi dechrau gwenu wrth deimlo'r aer oer yn bwrw ei hwyneb, a chorff Sinsir yn swatio'n gynnes yn ei chesail. Roedden nhw'n mynd oddi yno gyda'i gilydd.

A Dic, Anni, Telor a Bel, wedyn, wedi meddiannu un cornel o'r cwch iddyn nhw'u hunain, er mwyn gweld pob modfedd o'r ynys wrth ei gadael. Ac Anni â'i llygaid yn galed ac yn ddigyfnewid yn syllu'n syth at ffenestri Llofft Plas, tan i'r llenni gau.

Cyrraedd Porthmeudwy o'r diwedd. Yntau a'r merched yn camu i'r cwch bach a hwylio oddi wrth y cwch mawr. Dic, Anni, Bel a Telor yn graddol droi'n atgof o flaen ei llygaid.

Roedd y pump ohonyn nhw wedi sefyll ar y Lanfa i wylio'r cwch yn ymadael, ac yna wedi sefyll yno am rai munudau wedyn, yn ochneidio'n drwm, a phawb yn teimlo'r wythnosau diwethaf yn dechrau teneuo a diosg, fel hen groen.

'Methu credu eu bod nhw 'di neud o,' meddai Sinisir, ''di gada'l yr ynys. Methu credu bod Bela 'di eu gyrru nhw o'na chwaith; o'n i 'di meddwl eu bod nhw'n gryfach na hynna.'

'Ia, ond ma gynnon nhw'r plant...' meddai Leri, gan anwesu cefn ei chariad.

'A ma 'na un arall ar y ffordd,' medde Tomos, heb feddwl.

'O's 'na?' Y tair yn syllu arno'n chwilfrydig. Sut ddiawl roedd Tomos yn gwybod hynny?

'Fawr o nain, nag'di,' meddai Alys, wedi saib.

'Na,' cytunodd y criw, wrth i bawb brosesu'r newydd yn araf yn eu ffyrdd eu hunain. Mae'n rhaid eu bod nhw i gyd wedi dod i wybod ar ryw adeg ar yr ynys, er iddyn nhw ddewis anwybyddu'r ffaith, mai mam a merch oedd Bela ac Anni.

Mam a merch estron ddigon erbyn hyn, ond mam a merch, serch hynny.

Bu yna chwithdod rhyfedd rhyngddo ef a'r merched wrth gerdded i fyny'r llwybr tuag at y maes parcio. Pawb ar goll yn eu meddyliau ac yn ymwybodol hefyd o'r gadwyn ryfedd rhyngddyn nhw. Pob un, yn y pen draw, wedi aros ar yr ynys yn llawer hirach nag roedden nhw wedi'i fwriadu, er mwyn cynorthwyo Tomos gyda'r cloddio. Ond pob un ohonyn nhw'n gwybod mai haenau ohonyn nhw'u hunain a ddaeth i'r amlwg yr haf hwnnw yng Nghae Uchaf, a'u bod oll, haen wrth haen, wedi sylweddoli pwysigrwydd archeoleg. Y rheidrwydd i adael i hen deimladau ymddangos yn gyffrous, yn newydd sbon.

Ac oherwydd hynny, roedd y ffarwelio megis ffarwel rhwng ffrindiau oes, y pridd yn gymysg â'r geiriau.

Gwrthododd y car gychwyn. Doedd hynny ddim yn syndod – bu e yno'n segur am rai misoedd bellach – ac, mewn ffordd, roedd e'n falch. Doedd e ddim am i'r injan gynnau'n gwbl ddidrafferth, fel y medrai sgrialu o'r maes parcio caregog, llithro ar hyd y ffordd lawr tuag Aberdaron, at Fangor, ac at y draffordd a fyddai'n ei gludo'n ôl at normalrwydd. Doedd e ddim am wyro ei gar o'r naill le i'r llall yn slic ac yn wybodus, dysgu eto i ddarllen arwyddion ffyrdd a chadw at ei ochr e o'r heol, gan deimlo ei afael ar ei atgofion yn llithro, yn pellhau, yn troi'n rhywbeth cwbl afreal. Roedd yn well ganddo eistedd yma mewn mudandod, gan wrando ar wegian gwag yr injan, a theimlo bod gyrru car yn rhywbeth annaturiol, wedi'r cyfan.

Fe fu'n eistedd yno am rai oriau, cyn iddo sylweddoli bod ganddo ddau ddewis. Roedd yn rhaid iddo naill ai ffonio Siôn, y rheolwr, er mwyn cael rhywun i'w gynorthwyo gyda'r car, neu gallai eistedd yno tan y bore, a dal y cwch cyntaf yn ôl yn y bore. Sut olwg fyddai ar ei hwyneb hi tybed, tasai e'n cnocio ar ei ffenest y bore wedyn, a dangos ei fod 'nôl? Rhedeg i mewn trwy ddrws y bwthyn, i lawr y coridor, a sleifio mewn gyda hi rhwng ei chynfasau?

Mi fuasai'n cael ofn, sylweddolodd. Roedd ffarwelio wedi

bod yn ddigon anodd. Roedd y syniad o'i wneud eto yn anos fyth.

Sylweddolodd yn sydyn nad y hi oedd yn bwysig, ond yr ynys. Roedd wedi teimlo'r haf hwn, yn wahanol i gymaint o'r hafau eraill a fu, ei fod wedi cael profiad o'r ynys mewn ffordd wahanol. Trwy adael iddo ef ei hunan gael ei ddenu oddi wrth y pridd am ennyd, er mwyn teimlo rhywbeth o'r diwedd, rhyw gariad llesmeiriol afreal – a oedd hefyd yn gynhyrfus o annhebygol – roedd wedi llwyddo i ddwyn i gof yr hafau a dreuliodd yma yn fachgen. Roedd wedi teimlo ei chwerthin yn llenwi'r awyr unwaith eto yn Ogof Morloi, wedi teimlo ei wallt yn rhydd wrth Fae'r Nant, wedi gweld ei lygaid yn dawnsio'n ôl wrth Drwyn y Gorlech. Roedd modd iddo gysylltu â thir unwaith eto heb orfod ei ddadansoddi, roedd e'n gallu dwyn i gof ei gariad at y lle am ei fod, yn syml, wedi bod mewn cariad am ennyd o leiaf.

Dyna pryd y sylweddolodd nad oedd angen mwy na hynny arno. Roedd hi wedi ei ymryddhau o'r ynys unwaith yn rhagor, ac roedd hynny'n ddigon.

A chyda gwên ar ei wyneb, ffoniodd Siôn, er mwyn iddo allu gyrru'n ôl at y byd.

Gadael

Deffro, am y tro olaf, yn fy ystafell oer gyda'r llenni oren. Naratif y corn niwl yn dirwyn i ben, a'r awyr yn ddalen wen. Y bore ifanc yn llygaid i gyd wrth y ffenest. Edliw'r larymau ar hyd y coridorau. Ein gwalltiau'n flêr a'r munudau'n fychain. Briwsion amser yn gyfnewid rhad dros fwrdd glân. Bagiau'n gwrthod cau, atgofion yn gwrthod glynu. Geiriau'n mynd i'r bocs gyda'r broc môr. Camu'n drwsgl dros lwybrau ein gilydd, brawddegau'n baglu. Llwch yn cael ei sgubo o'r neilltu, arogl papur yn llosgi, yn llenwi'n llygaid. Ysgwydd am ysgwydd, llusgo'r bagiau a'r sbwriel yn un at geg y drws. Gwichian y giât. Daf a'i dractor-dacsi yn fflach o goch trwy'r ffenest. Y ddwy arall yn celu, wrth i minnau gau'r drws. Cadi'n clip-clopian yn ei stafell, a segura Sioned yn atsain drws nesa. 'Well i ni fynd, 'te,' meddwn, wrth y coridor gwag. Lleisiau crynedig yn crawcian yn ôl.

Petruso wrth y fynedfa. Llygaid yn dawnsio mewn eiliad sy'n pasio'n rhy sydyn. Sylweddoli y medrai'r tair ohonom droi ein cefnau ar y byd, uno'r eiliadau fu rhyngom mewn un weithred ddirdynnol, ddewr. Penderfynu aros yma trwy'r gaeaf, a neb ond y geifr, a ni, yn gwmni. Cloi'r drws. Gwasgu ein hwynebau i'r gwydr a gwawdio Daf druan. Dweud wrtho am fynd. Ond does yna ddim clo. Fu 'na un erioed. Dyna pam y daethon ni yma a dyma pam 'ryn ni'n gadael.

Llwytho'n heiddo ar gefn y trelar mewn modd sy'n dangos nad yw e'n golygu dim i ni bellach. Man a man ei daflu ymaith i'r môr, am ei fod e'n rhan o hwnnw'n barod. Sefyll, â'n cefnau'n syth, ar gefn y trelar. Cadi a Sioned yn edrych yn ôl ar y goleudy wrth iddo fynd yn llai ac yn llai, ei ddimensiynau yn colli eu pendantrwydd. Goleudy fel pob goleudy arall ydyw'n awr, meddyliaf, gan redeg i agor y giatiau wrth i'r tractor ddod i stop. Neidio oddi ar y trelar a mwynhau poen sydyn y glanio. Staen rhydlyd y giât yn goch ar fy llaw, a hwnnw'n gyfareddol.

Meddwl am Tomos, wrth deithio tua'r dŵr. Am symlrwydd sydyn ein teimladau y noson olaf honno, am fy narganfyddiad prin ohono'r wythnosau diwethaf. Twrio a thwrio nes bod y cyfan i'w weld mor amlwg, patrymau hanes yn ddwfn yn y pridd. Mynd ato'r noson honno, wedi clywed na fyddai'r cwch yn gadael, gan wybod nad oedd dim amdani ond dringo i'w wely bychan yn y Llofft Adar, a gadael i gnawd fod yn gnawd, gadael i gynhesrwydd rhywun arall fod yn rhan ohonof i. Deffro yn y bore i deimlo ei law yn erbyn fy nghefn noeth, ei farf arw yn erbyn fy nghroen tryloyw. Caru am nad oedd dim byd arall ar ôl i'w wneud. Caru am mai dyna mae dau sy'n teimlo fel hyn *yn* ei wneud. A chan wybod nad oes diben poeni am yfory, am ddiwedd pethau, am fod amodau hwnnw'n blaen i ni'n dau: cyn hir fe ddaw cwch i'w gludo ymaith ac fe fydd y gadael, y gwahanu, yn rhywbeth gweledol, glas, terfynol. Ac weithiau mae hynny'n beth da. Anadlu'r awyr oer a theimlo balchder wrth weld mai cwch yw cwch, mai gadael yw gadael, mai gwahanu yw gwahanu, ac nad oes angen geiriau eraill er mwyn esbonio pethau felly.

Mynd i'r cwch fel unrhyw un arall, yn un â'r llif o ymwelwyr wythnosol, yn sydyn, heb droi'n ôl. Ildio fy nghês i'r gadwyn. Wrth wneud hynny, cofio am yr hyn sy'n llechu yn fy nghês, a gwybod rywsut mai hwnnw yw'r peth pwysicaf oll. Ar fy niwrnod olaf ar yr ynys, mi ddringais dros Fynydd Enlli am y tro olaf. Cymryd fy amser er mwyn archwilio pob rhan ohoni, pob cilfach gyfrin. Dringo i mewn i Ogof Elgar, er mwyn gweld pa mor bell y medrwn fynd i mewn i'r dyfnderoedd du, er mwyn teimlo'n un â'r dienyddiwr trist. Ac wrth fy ngwthio fy hun i'r dyfnder, dyna pryd y'i gwelais. Fflach o goch ym mhendraw'r düwch. Lledr llachar yn denu fy nwylo. Camu allan drachefn i'r goleuni, a dal, yn fy nwylo, lyfr nodiadau coch. Fy llygaid yn llamu trwy baragraffau a myfyrdodau, lluniau dychmygus a llwch meddwl rhyw awdur neu'i gilydd. Ddywedais i ddim wrth neb am y darganfyddiad hynod hwn. Dim ond ei gadw, a'i drysori, a'i bacio'n ddwfn yng nghrombil fy nghês.

Neidio i'r cwch, gan adael Sioned a Cadi ar y lan. Daf a Mwynwen yn agos at ddagrau. Pum mis y bu'r ddwy yma. Pum mis o'u bywydau, ymhell o'r tir mawr, er eu bod yn gallu ei weld yn ddyddiol. Y cofleidio'n gynnes a naturiol. Geiriau melys wrth fwytho'u gwalltiau, addewidion wrth arddel y ffarwel olaf. Sioned yn dal fy llygaid – pam na ddoi di aton ni? Pwy ydw *i* i'r ynyswyr? atebaf, trwy ostwng fy llygaid a sythu fy nghefn. Neb. Honno a ddaeth ac a aeth oddi yma heb sgrifennu'r un gair, heb gyfrannu dim. Rhyw ddydd, fe gaf lapio gwres fy ngeiriau amdanyn nhw i gyd, ond heb fod yn barod i wneud hynny eto. Mae fy ngeiriau'n oer, heb yr un cysur. Does gen i ddim coflaid i'w gynnig i neb, nid ar lanfa oer ar fore o Fedi.

Sŵn y rhaffau'n llithro, a'r cwch yn bownsio i'r glesni. Y llongwr yn dechrau crawcian ei lith arferol, fod dim amser i sentiment, i ffarwelio, i bethau felly. Cadi a Sioned yn troi cefn ar y Cafn. Sioned yn eistedd wrth fy ymyl, yn chwerthin, a'i dannedd yn wyn ac yn hardd yn erbyn goleuni'r haul. Cadi yn ein hwynebu, ei hwyneb fel marmor caled. Ac yna'r symud. Gorfod derbyn, wrth weld yr olygfa o'n blaenau yn meddalu, yn powndio, yn colli ei siâp, ein bod ni'n mynd oddi yma. Na ddown ni fyth yn ôl, o bosib, nid fel triawd beth bynnag. Sioned yn edrych arna i a minnau ar Sioned a'r gwres rhyngom yn rhwystro'r geiriau. Yna'r peth rhyfeddaf oll yn digwydd. Wyneb Cadi yn dechrau tonni, yn union fel y môr o'i hamgylch. Ac yna'r rhyddhau, y torri, y crio. Honno a ymddangosai mor gadarn, mor galed, mor ddigyfnewid, yn gadael i'r cyfan lithro ymaith, yn un llif hallt.

Y cwch yn gwyro o gwmpas y mynydd, ac er ein bod ni'n dal i syllu nes bod ein llygaid yn brifo, mae'r Cafn wedi ei gipio oddi wrthym. Y glesni'n troi'n llwyd, yn anniddorol. Porthmeudwy yn codi'i ben. Dyma lle mae Cadi'n ein gadael, tra bod Sioned a minnau'n mynd ymlaen am Bwllheli. Sioned wedi cynnig rhoi lifft 'nôl i mi i Fangor, gan na fydd neb yn aros amdanaf ym Mhorthmeudwy mwyach, nid ar ôl yr alwad ffôn boenus ryw ddeuddydd yn ôl. Anferthedd ein teimladau yn dymchwel mewn ffôn fach, fach. Dechrau anesmwytho wrth i'r cwch lonyddu. Ddim yn siŵr sut i ffarwelio â Cadi. Eto, mae hi'n fy synnu. Yn dweud 'reit' yn bendant, yn sychu ei deigryn olaf, ac yn rhoi cusan i mi ar fy moch, cyn tynnu ei siaced achub. Rwy'n chwerthin – yn llawn nerfusrwydd, yn edifarhau, yn gweld ei cholli. Eisiau dweud rhywbeth wrthi i fynegi cymaint mae hi'n ei olygu i mi, y ferch sych, surbwch hon, sy'n llawn cariad, ond ei fod yn cuddio yn ei dyfnderoedd, fel rhyw hen wymon cythreulig.

Hwn yw'r tro diwethaf y byddaf yn ei chyfarfod.

Y cwch yn gwagio. Neb arno bellach ond Sioned a finnau, llongwr blin, a dwy leian. Gwenu'n swil ar y lleianod. Hwythau'n nodio eu pennau'n urddasol. Sioned yn tynnu ei gwallt yn rhydd, gadael iddo donni drosti, gorchuddio ei hwyneb, gwefru ar ei thalcen. Rhyddid. Y cwch yn cyflymu, a'r llongwr yn anghofio gwgu am ennyd, wrth weld ei gartref yn dod i'r golwg. Minnau, hefyd, yn dechrau teimlo rhywbeth ynof yn cynhyrfu. Cynhyrfu wrth feddwl mor wahanol fydd pob dim ar ôl yr wythnosau diwethaf. Mae arnaf ofn y diwrnod hwn, ofn yr hyn y bydd yn ei ddynodi am weddill fy mywyd. Mae fy nghar tu allan i dŷ'r dyn heb wyneb. Hanner fy eiddo yn ei stafell wely. Fy nghalon yn dal i lechu dan ei glustog. Meddwl am yr hyder cariadus, hwnnw na theimlais erioed o'r blaen, wrth adael fy holl eiddo yn ei dŷ. Y sicrwydd hwnnw nad âi dim o'i le, na fyddai modd gyrru'r un ddraenen i ystlys y perffeithrwydd hwnnw. Ond mae rhywbeth wedi digwydd, oddi mewn. Rhywbeth wedi peidio â bod.

Hiraethu am niwl. Harbwr Pwllheli'n rhy glir. Teimlo'n rhyfedd a'm traed yn erbyn tarmac unwaith eto, yn gweld ymwelwyr haf o Loegr yn mynd a dod heibio i mi, heb weld yr hiraeth sydd eisoes wedi gafael ynof. Sioned yn dweud wrtha i am aros lle rydw i, er mwyn iddi hi gael symud y car yn agosach ata i. Eistedd yno yng nghanol fy magiau. Sylwi ar frawddegau'n cael eu taflu 'nôl ac ymlaen ar goncrid rhwng dau, mor uchel. Neb yn gallu gweld y teimladau sydd ynof, yr arwahanrwydd yn fy mhrofiadau. Sut mae disgwyl iddyn nhw wybod? Dwi ddim gwahanol i neb arall.

Mae'r car yn sgrialu rownd y cornel, yn euraid ac yn llachar, fel Sioned ei hun. Dwi'n eistedd wrth ei hymyl ac yn gadael iddi fy ngyrru tua diwedd fy stori. Mor rhyfedd yw ei gweld tu ôl i olwyn car. Ar yr ynys, byddai pob un ohonom yn gweld ein gilydd fel creaduriaid cyntefig, naturiol. Gwelais Sioned yn dal aderyn clwyfus yn ei llaw wedi iddi ei adfywio, a'i gweld yn ei ryddhau i'r nos. Nawr mae hi'n gyrru dros un o'r adar hynny – *bdwm, bdwm* – sy'n gorwedd yn gelain ar ochr yr heol.

Ryn ni'n gyrru mor bell â'r Felinheli, mynd i dafarn, ac archebu pryd o fwyd. Y ddwy ohonon ni wedi edrych ymlaen cymaint at y foment hon. Y pleser bras, di-rwystr o fynd i fwyty ac archebu unrhyw beth a ddymunem. Unrhyw beth. Ond dyma ni, y ddwy ohonon ni â llond plâtaid o gig a llysiau a gwydrau'n llawn swigod melys, a'r archwaeth wedi toddi'n ddim. Popeth yn blasu mor gyffredin, rywsut. O! am gael bod 'nôl yn ein cegin fechan yn bwyta olewydd o'r jar ac yn gwingo wrth fwyta'r caws gafr blas-pupur-du, sydd ddim yn blasu'n neis iawn am fod Alys wedi dychryn y geifr.

Cychwyn ar ein taith olaf, tua Bangor. Dyma'r diwedd. Gweld yr hen bethau cyfarwydd – anghyfarwydd – yn dod i'r golwg, a hynny'n rhy sydyn rywsut. Heibio Tesco's, heibio'r cornel a'r pwll nofio, a thynnu i mewn gyferbyn â Garej Lôn Glan Môr. Fy nghartref newydd. Mor sydyn y gwnes i'r cyfan cyn gadael am yr ynys – cerdded o gwmpas rhyw lofft heb ofyn prin yr un cwestiwn – agor a chau drysau, ac yna arwyddo darn o bapur. Gwrthod y cynnig i symud at y dyn heb wyneb, am nad oeddwn i'n barod. Ond do'n i ddim yn barod i ddod oddi ar yr ynys, chwaith.

Cau fy hun yn y fflat anghyfarwydd. Eistedd ar lawr. Sioned wedi fy ngadael. Clywed igian yr oergell. Chwerthin plant tu allan i'r garej. Siffrwd fy nhraed ar lawr wrth bendwmpian o'r naill stafell i'r llall, a phob un mor oer. Ac yna'r ffôn bach yn canu. Heb ei glywed yn canu ers wythnosau. Wedi clywed y negeseuon yn dod i mewn, ond heb glywed ei ganu dirybudd, annisgwyl. Mae enw'r dyn heb wyneb yn fflachio ar y sgrîn. Ateb y ffôn. Ei lais heb gryndod, ond yn gwbl gadarn. Yr hen glwyfau fel petaen nhw wedi cael eu golchi ymaith. Rhywbeth ynof yn ysu am glywed ei fod wedi ei glwyfo o hyd, ei fod heb ddygymod â'r ffath ein bod wedi gorffen. Ond mae e'n iawn. 'Ti am ddod i nôl dy gar, ta?' meddai, a'i lais yn llawn ymarferoldeb cadarn. 'Ydw,' meddwn, 'mi ga i dacsi, nawr. Mi ddo' i gynted ag y…'

'Ddo i dy nôl 'di 'ŵan, 'li,' meddai.

Camu i'r car bach coch. Dyw e ddim yn edrych arna i, a 'sgen i ddim hawl disgwyl hynny. Y ddau ohonon ni'n gwrando'n rhy astud ar ddwli'r radio. Cyrraedd y tŷ. Cofio sut deimlad oedd parcio yma unwaith, fy nghalon yn powndio'n fy nghrys-T. Fy nghar bach i, yn loyw yng ngolau'r haul, yn aros i mi ei ailfeddiannu, i brofi 'mod i, fel Sioned, â'r pŵer i neidio'n ôl i fy myd heb droi'n ôl. Yntau'n taflu allweddi'r car ataf, a'r rheiny'n fflach arian o gyfaddawd, mewn eiliad o ddealltwriaeth. Yr haul yn fy nallu, gollwng yr allweddi. Mae e'n chwerthin. Ac er i mi geisio cael rheolaeth ar fy nheimladau, dwi'n dechrau crio. Gadael i ddiferion olaf fy amwysedd dywallt ohonof. 'Tyd i'r tŷ,' meddai'n sydyn wrth weld y llenni'n dawnsio, 'ma'r cymdogion yn sbïo ar bob dim yn y blydi lle 'ma.'

Un noson arall. Dyna ddywedais wrtho yn y pen draw; y byddai angen un noson arall arnaf i geisio gwaredu'r amwysedd am byth. Noson o unigrwydd mewn lle newydd. Cwrw melyn, oer, a pheidio ateb ffôn. Rhoi'r car mewn gêr, un, dau, tri, pedwar, pump, teimlo'r hen arferion yn gafael amdanaf unwaith yn rhagor. Ond gwelaf wrth ei lygaid ei fod wedi dechrau 'laru ar y dwli. Wedi caledu ers yr alwad ffôn allan ynghanol y glaw. Wedi dygymod. Nid y math o ddyn sy'n dad-wneud pethau yw e. Mae'r penderfyniad eisoes wedi ei wneud, a fy mai i yw hynny. Wastad fy mai i.

Mae bore trannoeth yn un llachar. Yn rhy lachar. Deffro i glywed sŵn anghyfarwydd – fy nghloch yn canu am y tro cyntaf erioed. Rhedeg i'r drws i'w gyfarch. Mae ei lygaid yn sychach na'm rhai i, sydd wedi diferu ers i mi ddod yn ôl. Diferu a difaru. Agor ffenest y gegin a chlywed cychod Bangor yn dawnsio yn y dŵr yn yr iard gychod gyferbyn â mi, ac mae yna ryw lonyddwch rhyfedd rhyngom ni'n dau. Minnau yn dal yn fy mhyjamas ac yntau yn ei esgidiau cadarn, yn barod am unrhyw beth.

'Wel, wyt ti 'di meddwl ta?'

Na, dwi am ateb, heb feddwl o gwbl. Meddwl sy'n beryglus.

'Do,' sy'n llithro o 'ngheg gelwyddog, wrth wasgu botwm y tecell, a synnu bod gen i drydan bellach. 'Do, wrth gwrs.'

Mae'r gegin yma gymaint yn llai na'r un yn y bwthyn. A does dim sŵn Cadi yn bytheirio ac yn difrïo pob dim o'i chwmpas, dim Sioned yn hymian tiwn haf yn ddi-ben-draw, dim archeolegwr nac adaryddwr yn ymddangos yn y ffenest a dim negeseuon am gwch yn dod ar draws y radio. Dim byd annisgwyl. Dim cyrff adar yn syrthio'n swp o'r nen, na menyw wyllt yn sgrechian crio ar draeth. Does yna ddim byd ond symlrwydd – dyn wedi galw draw i ymweld â mi am i mi ofyn iddo wneud, a chwestiwn syml, uniongyrchol yn yr awyr rhyngom ni'n dau. A'r synau cyfarwydd bellach yn anghyfarwydd a chyffrous – clic y tegell, cleber y cychod, a sŵn ceir yn arafu wrth Garej Lôn-Glan-Môr.

A dyna pryd mae'n fy nharo, bod y môr yn dal gyda mi. O'm cwmpas ym mhob man. Onid dyna yw cael fy ynysu, i fod nid nepell oddi wrth y môr, i deimlo'n agos at y lan, i wybod bod 'na ffiniau, bod 'na derfyn i bob dim?

'Ydw,' meddwn wrtho, heb fedru edrych arno. 'Mae'r cyfan drosodd.'

Mae'r drws wedi cau'n glep cyn i mi orffen y frawddeg. A dwi'n sylweddoli'n sydyn, nad hwn yw'r dewis anodd, fel y tybiais, ond hwn yw'r dewis hawdd. Mae hi'n anoddach i garu rhywun nag mae hi i'w wthio i ffwrdd.

Dyma'r noson mae'r sgrifennu'n dechrau. Y ffôn yn canu a chanu, yr awyr yn tywyllu a thywyllu. Cychod Bangor yn canu. Dwi ddim am ateb y ffôn, nid am fod arna i ofn pwy sy'n galw, ond ofn bod y stori hon eisoes yn llithro i ffwrdd. Ofn clywed lleisiau ar ben draw'r lein a chyfarwyddo â'u hagosatrwydd, a chyffredinedd y sgwrs ffôn. Gan anghofio'n llwyr sut beth oedd cerdded i lawr at y Cafn heb lais yn agos ataf, heb negeseuon testun yn chwyrlïo trwy'r awyr, yn disgyn arnaf o'r nen. Cynnau canhwyllau ac eistedd o gwmpas y bwrdd gwag. Neb yma, neb ond y fi. Hiraethu am focs o win, y tapiau plastig, y nectar coch. Am wg Cadi annwyl tu hwnt i'r drws. Am angau'r adar ar noson gymylog.

Ond mae rhan ohonof yn ofni mai Tomos fydd ar ben draw'r lein. Am nad wyf i'n barod i siarad ag e trwy wifren ffôn, am fod ein perthynas ni'n perthyn i'r ynys a'i thir, ac i'r broses hir o gloddio a dadorchuddio, gwerthuso a dadansoddi. Ein bod ni'n dau wedi gweld ein gilydd yn esgyrn brau i gyd, llawn olion o'n cynfyd, a'r pridd rhwng ein dannedd. Am mai geiriau'n unig yw ein stori ni nawr, geiriau a golygfeydd sydd eisoes yn wahanol i'r hyn oedden nhw go iawn, a'u rhythmau'n powndio i guriadau'r tir mawr, a'i gwirioneddau hi.

Nid stori garu mo hon. Cymeriad yw Tomos, un cymeriad a'm galluogodd i garu'r ynys mewn ffordd na fyddwn wedi ei wneud fel arall, a dyma oedd fy rôl i yn ei fywyd yntau, hefyd. Sicrhau bod gennym ni'n dau, weddill ein hoes, ryw deimladau cynnes, hudol, bythol gariadus am yr ynys honno, bod ganddi, oherwydd ein cyfarfyddiad ni'n dau, ryw liw newydd, a rhyw drysorau cudd yn ddwfn dan yr haenau gwydn.

Ond os nad stori garu mohoni, yna pa fath o stori fydd hi? Twrio yn fy nodiadau am ddeunydd, llarpio'r brawddegau ffuantus, a throi am gymorth at sgrîn sydd â'r gallu i greu a dileu, creu a dileu, heb ronyn o euogrwydd. Ond er bod yr amwysedd ynof, o'r diwedd, ar drai, a'r stori'n dyfod ataf gyda'r llanw, dyw hi ddim yn ddigon rywsut. Mae angen mwy nag un gwirionedd i greu stori, ac mae angen mwy nag un stori i greu'r gwir.

A dyna pryd dwi'n cofio am y llyfr coch yn fy nghês.

Hefyd gan Fflur Dafydd:

LLIWIAU LIW NOS
nofel am dri chymeriad sy'n byw mewn fflat
mewn dinas ac yn byrlymu o gyfrinachau…
£6.95

Am restr gyflawn o nofelau cyfoes
Y Lolfa, a'n holl lyfrau eraill, mynnwch gopi
o'n Catalog, neu hwyliwch i mewn i
www.ylolfa.com
i chwilio ac archebu ar-lein.